FSC
www.fsc.org

MIX

Papier aus ver-
antwortungsvollen
Quellen

Paper from
responsible sources

FSC® C105338

Jung und unsichtbar

von Federico Avino

Prolog

Ich saß aus einem ganz besonderen Grund im Auto. Morgens. Mit Ronnie und Hagen, der sich die Haare an den Seiten völlig abrasiert hatte und die ganze Zeit von dem Film "Die Klasse von 1984" quatschte. Er selbst war ja in der Siebten von der Schule geflogen, weil einer der Lehrer sich über Elvis lustig gemacht hatte. Da konnte Hagen echt keinen Spaß verstehen. „Wenn in dut, nuck hem ut" hat er früher immer gesagt, aber nie gewusst, was das heißen sollte. Das war, noch bevor alle in der Hugo-Luther immer an jeden Satz „zum Sterben" drangesetzt haben. Zum Sterben schön. Zum Sterben langweilig. Zum Sterben scheiße, wisst ihr? Zum Sterben halt. Davor hatte Hagen an jeden Satz immer „wenn in dut, nuck hem ut" gehängt. Nur er. Sonst keiner. Weil keiner wusste, was das überhaupt bedeuten sollte. Er auch nicht. Im Käfig haben wir Jüngeren statt „Das ist gut" immer „Ich krieg 'nen Steifen" gesagt. Auch die Mädchen, was ja nicht so einen Sinn machte. Hagen sagte dagegen immer. „Hey, ich geh zum Kiosk, wenn in dut, nuck hem ut" oder „Hat jemand von euch Pennern Zigaretten, wenn in dut nuck, hem ut." Und manchmal hat er dann auch irgendwem eine Ohrfeige oder 'nen Nackenklatscher gegeben. Warum? Na, weil er aggressiv war. Aggressiv bedeutete, dass er jedem, den er sah, eine reinhauen wollte oder sich überlegte, ob er das schaffen könnte. Das war aggressiv.

Eines Tages im Käfig, beim Ball aus der Luft, hat er wieder gesagt, „So den Volley, wenn in dut..." und ich dann „Knock them out. When in doubt, knock them out". Genau so hab ich es ihm gesagt und er hat den Ball versemmelt, weil er mich angeglotzt und gemeint hat: „Genauso wie du sagt der das in dem Film auch." Hagen dachte sicher, ich würde nur so tun, als ob ich gut in der Schule wäre. Dann musste ich ihm aber auch noch alle anderen AC/DC Titel übersetzen.

„Und was heißt, Dürti diits don dürt tschieep?" Das war sein Lieblingslied und ich musste deshalb auch ein wenig vorsichtig sein. „Dirty deeds done dirt cheap? Das heißt ‚Filme billig drehen'." Er sah zuerst mich an und dann die anderen und die haben nur gegrinst und gedacht, er würde mir endlich eine pfeffern, aber er hat mir eine Zigarette gegeben und später durfte ich sogar aus seiner Cola trinken. Am Ende meinte er nur so zu den Schiller-Zwillingen. „Der Typ kann Englisch". Schön, dass du es auch langsam merkst, hab ich gedacht, aber gesagt hab ich „Zum Sterben". Weiß auch nicht mehr, warum. Fiel mir halt so ein. Hagen hatte gelacht und danach hat mich keiner mehr blöde angesehen, aber alle haben, von da an, an jeden Satz „zum Sterben" drangehängt und genau aus dem Grund saß auch mit denen im Auto.

When the night has come

And the land is dark

And the moon is the only light we ´ll see.

Ben E. King

Let us die young or let us live forever

We don't have the power, but we never say never:

Alphaville

1

Als ich an dem Morgen die Augen aufschlug, dachte ich zuerst, dass ich zum Sterben gerne so ein Typ wie Sylvester Stallone wäre und dass ich einen Walkman haben musste. Wenn ihr es wissen wollt: Sylvester Stallone war in meinen Augen ein richtig harter Hund und hatte in Rambo gegen die ganze Polizei gekämpft. Das hatte er aber nur getan, weil sie auf ihm rumgehackt hatten und ihn fertigmachen wollten. Dabei wollte er doch nur aus der Stadt raus. So wie ich unbedingt aus der Hugo-Luther rauswollte.

Nicht, dass ich Rambo gesehen hätte, nee, ich war doch viel zu jung. Noch nicht mal 14 und fürs Kino hatte ich erst recht kein Geld, dafür aber ein blaues Auge von meiner neuen Schule, aber ich wusste eben auch, dass ich da nicht bleiben konnte. Es ging nicht. Wir waren einfach zu verschieden. Die Straße und ich. Seit ich denken konnte, wollte ich da raus. Seit dem Schwedenheim, nein, eher seitdem ich lesen konnte. Natürlich dachte ich nicht den ganzen Tag daran, wie ich das genau anstellen konnte. Das wäre auch zu blöde gewesen. Ich dachte auch an andere Sachen. An Schimpfwörter, Gewalt und auch an Quatsch und Nebensächlichkeiten und an dem Tag wollte ich eben wie Rambo sein. Nur war ich ja eher klein und leider ziemlich schmächtig, aber ich war auch ein ganz guter Sportler. Ich will ja nicht angeben, aber das war ich wirklich und einen Walkman brauchte ich auch.

Der Walkman musste aber kein Sony sein. Hauptsache, ich bräuchte nicht mehr das Gequatsche und Gelaber in meiner neuen Kackschule mitbekommen, dachte ich bei mir, während ich langsam wach wurde, meine Decke betrachtete und dann aufstand, um zum Fenster zu gehen. Nicht, dass es da draußen wer weiß was für schöne Dinge zu sehen gab, ganz im Gegenteil, aber ich kam immer gut in die Gänge, wenn ich eine Zeit lang auf die Autobahn gegenüber schaute und mir überlegte, wohin die ganzen Laster wohl fuhren.

Von dort aus ging's nämlich einerseits Richtung Westen und das klang gut. Nach Frankreich an die Küste. Le Havre, Rouen oder auch nach Holland, Amsterdam, Rotterdam und dann immer weiter über die Atlantikroute nach Amerika. Runter bis nach Brasilien, Argentinien oder Patagonien, weit weg von uns. Oder nach Osten. Das war auch nicht schlecht. Vielleicht sogar noch besser. Berlin und weiter, Richtung Prag, Budapest, Athen oder auch nach Moskau, dachte ich und mir fielen automatisch Bilder ein. Von tollen Ländern und lebendigen Städten, wo die Menschen einfach glücklich waren und gut lebten. Bei dem Gedanken bekam ich aber gleich schlechte Laune. Als ich nämlich da stand, fiel mein Blick als Nächstes auf die wunderschönen Wasserflecken an meiner Wand.

Die kamen daher, dass der Trinker über uns irgendwann weg war. Während er das Wasser laufen ließ und weil das keiner gemerkt hatte, lief das eben eine Woche oder zwei, vielleicht aber auch richtig lange. Das Wasser sprang dabei über seine volle Spüle, pladderte auf den Boden, wurde höher, suchte sich Löcher und irgendwann sickerte es endlich in den Boden rein. Dann zu uns runter und weiter. So dachte ich mir das jedenfalls. Wenn ihr das jetzt nicht checkt, fragt bitte euren Klempner, der erklärt euch das besser. Deshalb war unsere Wohnung auch feucht und schimmelte an der Wand. Nicht nur bei mir, sondern überall, aber der Vermieter unternahm nichts, weil sich das bei uns nicht lohnen würde, meinte er mal. Aber egal, der Mieter über uns war eh einer vom Alki und Irren Kiosk gewesen und hatte ständig aus dem Fenster „Ruhe" gerufen. Ruhe? Bei einer vierspurigen Autobahn gegenüber? Na danke, da konnte jeder gleich mal sehen, was für einen Humor die bei uns hatten. Manchmal dachte ich, der hatte das bei seinem Humor bestimmt extra gemacht. Also mit Wasser zu sterben. Wer machte denn sowas außer einem Komiker vom Kiosk? Na, der über uns war jedenfalls gestorben, aber damit hatte ich noch lange nichts zu hören und schon gar keinen Walkman.

Ich hätte ja fast alles gehört, am liebsten aber „Let there be Rock" von AC/DC. Hauptsache kein Chris Norman. Ihr fragt euch jetzt bestimmt, warum ich so ein Japp nach

Ruhe und so einen Hass auf Chris Norman und meine Schule hatte? Okay, vielleicht erklär's euch später, wenn ich Lust hab, aber als Erstes: Könnt ihr euch vorstellen, in einem Zimmer zu leben, in dem man nur zwei, drei Schritte bis zur Wand hatte und an der Seite auch nur zwei? Bei dem die Wände dünn wie Pappe waren? Bei dem man jeden Schritt hörte? Deshalb machte ich meine Hausarbeiten am liebsten in der Bücherei und auch weil Rene immer bei uns rumlief. Rene? Ja, Rene. Der Bruder von meinem Vater. Der wohnte doch quasi bei uns, er war nämlich mit meiner Mutter zusammen. Hauptberuflich will ich das mal nennen, weil er sonst nie arbeitete.

Meine Mutter arbeitete manchmal als Aushilfe in der Papierfabrik um die Ecke. Meistens saß sie aber nur unten im Hof und machte irgendwas vor sich hin. Keine Ahnung was, fragt nicht, die saß dann halt da. Ja, den ganzen Tag. Ich hab sie mal gefragt, warum sie da sitzen würde und sie meinte nur, dass das wegen mir sei. Weil ich doch so einen Riesenschädel hätte. Wer sollte das denn verstehen? Ich hatte doch einen ganz normalen Kopf. Vielleicht dachte sie mal lieber drüber nach, warum sie ausgerechnet mit Rene zusammen war? Aber was gab es da nachzudenken? Rene war genauso blank wie wir und trampelte immer durch unsere Wohnung. Dazu rauchte er Kette, und wenn er kein Geld mehr hatte, um zu paffen, ging er zu sich in den Keller, schloss sich ein und baute an seinen Modellkutschen rum. Sagenhaft erfolgreich. Wenn er von denen wirklich eine auf dem Flohmarkt verkauft hatte, ging's ab in die Spielothek ums Eck oder zum Kiosk gegenüber. Da wo der tote Komiker herkam. Sonst machte er nichts. Da rumhängen, paffen und oben Sprüche labern, und das konnte er echt zum Sterben gut. Darin war Rene der inoffizielle Weltmeister. Auch wenn die anderen beim Alki und Irren Kiosk darin auch nicht übel waren. Wenn er aber damit anfing, dauerte es ewig, bis er wieder aufhörte, und ständig kam da nur Müll raus. Richtiger Rene-Schwachsinn, den keiner lange ertragen konnte. Am besten kannte er sich übrigens in seinem Fachgebiet Politik aus, obwohl er noch nicht mal richtig lesen konnte und lange dachte, Helmut Schmidt sei bei der FDP. Dem musste ich das erst mal erklären, aber hat er es geglaubt? Nein. Natürlich nicht. Warum auch? Ging doch auch ohne. Ich weiß bis heut nicht, was meine Mutter an dem fand, aber so war das wohl mit der Liebe.

Was Gutes hatte es aber doch, dass Rene immer bei uns rumhing. Als ich ihn mir ansah, lernte ich noch dreimal mehr, um bei uns rauszukommen. Richtig abschreckend war der für mich. Nur bei uns kam man nicht schnell raus, das war das Problem. Sie kamen in der Regel alle wieder. Meist betrunken. Vom Arbeitsamt. Von der Klippschule. Aus dem Gefängnis. Der Entgiftung. Nur der tote Komiker blieb verschwunden.

Gut, ich wollte ja gern weg, aber das war mir dann für den Anfang doch zu heftig.

Ich horchte an meiner Tür. Am Morgen war es aber zum Glück ruhig in unserer Wohnung. Ich bin vorsichtig auf unseren Miniflur raus und war super gut darin, leise da rumzulaufen. Warum? Na ihr seid gut, dann musste ich nicht immer für meine Mutter und Rene zum Kiosk laufen, darum. Die beiden rauchten und tankten nämlich ganz gut was weg, brüllten dann auch wer weiß nicht wie rum, hatten aber nie Lust, selbst runterzugehen, wenn sie mal „saßen". Um nicht ständig geschickt zu werden, wusste ich schon früh richtig gut, wo es überall auf dem Flur quietschte und da ich zufälligerweise ein gutes Gedächtnis hatte, war der Flur wie 'ne Landkarte für mich. Nur dass immer was Neues irgendwo rumlag. Also war ich ganz gut darin geworden, den Flur ständig aufzuräumen.

Egal, ich musste also unbedingt einen Walkman haben, aber das Kaufhaus hatte die eben unter Verschluss und da konntest du machen, was du wolltest – du hast die nicht aufbekommen. Das meinten auf jeden Fall einige der Jungs, die echt gut klauen konnten. Es gab einige bei uns, die gut klauen konnten, und es gab auch welche, die gut zuschlagen konnten, und dann auch welche, die echt gut klauen und echt gut zuschlagen konnten. Ich war ja wie erwähnt ganz gut im Sport, aber natürlich lang nicht echt gut. Echt gut im Zuschlagen war ich leider auch nicht. Ich schätze, ich war nur echt gut in der Schule und genau deshalb brauchte ich auch unbedingt den Walkman. Er lag da unten in der Karstadt Vitrine wie ich auf meinem alten Schlafsofa. Oben funkelten die Dinger mit den Marken drauf. Die riefen „Chris, komm kauf mich, gib alles aus, mach dich arm", aber ich hatte eh nichts und je weiter du nach unten rutschtest, umso billiger und blasser wurden die. Mir hat das aber nichts ausgemacht. Ich wollte den unten haben, der passte zu mir. Er war grau matt silbern und hatte einen roten Zickzack Streifen an der Seite und wenn man ihn öffnete, lief er weiter. Mann, wenn ich nur daran dachte, konnte ich schon fast Musik hören. Ich wünschte mir einen Walkman mehr als neue Schuhe und auch mehr als ein richtiges Fahrrad. Dann hätte ich nicht immer hören müssen, wie sie mir auf meiner neuen Schule in hundert Versionen „Assi" hinterherriefen.

Ich wusste natürlich, dass ich einer war. Mann, ich war ja nicht voll behämmert und wie alle bei uns ein wenig stolz darauf, aber dass sie das ständig hinter mir herriefen, hat schon genervt.

Leise ging ich weiter zur Küche. Dort oben in einem der oberen Schränke parkte meine Mutter für gewöhnlich ihr „Maria- und Küchengeld" in einer Box. Die eine Hälfte ging für Alkohol drauf, der Rest für Kippen. Ich zitterte ein wenig, weil ich mich auf den Stuhl stellen musste, um an den Schrank zu kommen, und wenn meine Mutter in dem

Moment reingekommen wäre, hätte sie mit Sicherheit den Braten gerochen. Alleine durfte ich überhaupt nicht an die Kiste. Was hätte ich ihr da sagen sollen? Ich wollte mir nur schnell noch ′ne Instantsuppe zum Frühstück machen? Oder dass ich den alten Puderzucker aus′m letzten Jahr suchen würde, um Zuckerguss für den Geburtstagskuchen zu machen? Oder die Wahrheit?

Eine Tür knarrte und ich blieb mitten in der Bewegung stehen. Ich hörte, ob sich bei ihr was tat, aber da war nichts. Ich öffnete die Kiste und da lagen zwei Zwanziger, ein Fünfziger und noch drei Fünf-Mark-Stücke. Ich nahm die beiden Zwanziger und schloss die Box. Vielleicht dachte sie ja später, sie hätte das Geld schon ausgegeben. Andererseits wusste ich, dass sie für mich Kindergeld bekam. Da blieb ihr immer noch ein guter Rest, fand ich. „Was machst′n da?", hörte ich auf einmal eine Stimme. Ich fuhr rum und sah Rene an der Tür lehnen. Er starrte mich glasig an. Er war voll und ich fragte mich, wie er nur so ein gutes Timing haben konnte? Nicht umsonst war er genau in dem Moment vor sechs, sieben Monaten bei uns aufgeschlagen, als meine Mutter gut drauf und Geld von einem Auftritt im Bierzelt hatte. Das hat er sich natürlich sofort gekrallt. Das Geld und die gute Laune meiner Mutter. Das nannte ich Timing, doch woher er das hatte, wusste ich nicht. Ich hatte nämlich offensichtlich keins. Ich stand da wie ′ne Ölgötze und überlegte in dem Moment, was ich antworten konnte, aber mir fiel nichts Kluges ein. Erst mal musste ich rausfinden, wie blau er war, und nach zwei Sekunden, als seine Wolke ankam, merkte ich, dass er hinüber war. Obwohl der Heini nicht betrunken wirkte. Aber das konnte ja Jever sagen. Das war echt ganz schön erstaunlich, fand ich. Der konnte von Anfang an echt einiges vertragen, deshalb war bald das ganze Geld und dann auch die gute Laune meiner Mutter weg gewesen. Nur Rene war geblieben.

„Was machst'n da?", wiederholte er sich und ich antwortete automatisch. „Das geht dich doch gar nichts an, oder?" „Hä?" „Ich mach mir 'ne Suppe." Als ich sein Gesicht sah, fügte ich vorsichtshalber noch „Zum Frühstück. Wegen der Schule." dazu. Er nickte langsam, als wäre das nur verständlich, so eine Suppe vor der Schule, und meinte dann noch, „Kannst mir auch eine machen". Ich schluckte. „Ja. Mit Würstchen." Mein Blick wanderte in den Schrank, aber da war natürlich kein Würstchen weit und breit zu sehen, dafür aber die Kassette, die ich langsam weiter reinschob. „Klar, kann ich machen. Legst dich hin und ich bring sie dir dann?" Er nickte, blieb aber stehen und stierte in meine Richtung, und weil er dabei lange den Mund aufließ, kam gleich die zweite Welle bei mir an. Mann, ich konnte heilfroh sein, wenn ich einigermaßen nüchtern aus der Küche in die Schule kam. Nur Rene ging nicht weg. Er blieb einfach da weiter in der Tür hängen, als hätte der Sack 'nen Auftrag. 'Nen Würstchenauftrag oder was Ähnliches.

„Ich hab ...was verkauft", meinte er plötzlich stolz, ohne dass er lallte. Er hatte beim Trinken eine Konstitution wie ein Ross, meinte meine Mutter mal, und das hieß dann für gewöhnlich, dass ich wieder weniger Geld für unseren Einkauf hatte. Rene blieb also stehen und ich fragte ihn aus und was stellte sich da super Erstaunliches heraus? Er war am Kiosk versackt und hatte allen, die vorbeikamen einen ausgegeben. Was für eine Überraschung! Schön, dass er allen, die noch stehen konnten, einen Jägi in die Hand drückte, aber wenn er kein Geld mehr hatte, bei uns aufschlug und ich ihn bekochen konnte. Offen gesagt war es mir zum Sterben egal, ob er was verkauft hatte. Interessanter wäre es gewesen, wenn er sich auf dem Weg den Fuß gebrochen hätte, ehrlich! „Was ist jetzt mit der Suppe?", meinte er drängelnder. Ich sah ihn an. „Ja, reg dich ab. Bin dabei. Muss nur noch die Gewürze finden." Ich sah, wie es in ihm arbeitete. Gewürze? Als ob wir wer weiß was für verdammte Gewürze gehabt hätten. Indischen Salbeipfeffer, was? „Gewürze sind immer gut, ich mag ...", er schluckte schwer, „Gewürze". Dann sagte er nichts mehr und ich fühlte mich oben auf dem Stuhl mit einem Mal tierisch unwohl.

„Was ist nun, du Superhirn?", fragt er nach einer Weile wieder. „Womit?" „Na, mit der Suppe, Junge. Bist du behindert?" Ich schüttelte den Kopf und blickte zum Herd, auf dem ja kein Topf stand und noch nicht mal warmes

Wasser. „Nee. Wie gesagt, ich bin hart dabei, da!" Ich zeigte auf den leeren Herd. „Ich bring sie dir in zwei Minuten. Leg dich ruhig hin, Onkel Rene, okay?" Er blickte mich misstrauisch an und ich spürte, dass er da zu einem Punkt kam, der ihm sagte, dass das einfach nicht sein konnte. Weder Suppe, Gewürze noch Würstchen waren irgendwo zu sehen, aber er kam eben nicht ganz genau dahin, wohin die harte Logik ihn hätte bringen müssen. Ich freute mich diebisch. Dafür war er doch zu betrunken, Konstitution hin oder her. Das hätten er und seine Kumpels vom Kiosk sicher nicht mal nüchtern verstanden. Er schluckte noch mal und dann, ohne zu schwanken, stapfte er ins Schlafzimmer und ich hörte ihn da noch zwei, drei Minuten hin und her schnaufen und irgendwas murmeln, meine Mutter anraunzen und dann war Ruhe. Ich stieg vom Stuhl und schnaufte. Wenigstens einmal hatte mir seine Dummheit geholfen.

Ich sah dann noch schnell ins Schlafzimmer. Meine Mutter schlief noch und irgendwie mochte ich das gern. Sie sah friedlich aus und glücklich, was sie am Tag nie richtig war. Sie probierte es zwar immer wieder, aber das Lächeln, das sie im Schlaf hatte, hab ich bei ihr am Tag nie gesehen. Vielleicht schlief sie deshalb immer lange? Nur warum Rene dann lange schlief, hab ich nie kapiert, weil der doch auch im Schlaf immer schlechte Laune hatte. Den hättet ihr hören sollen. Selbst im Schlaf quasselte der halb sinnloses Zeug vor sich hin, richtig unheimlich. Außerdem war der noch beim Schlafen urstfaul. Der legte sich einfach hin und schlief ein. Ich wusste nicht, wie das überhaupt gehen sollte, aber kaum lag der, schlief er. Ging's noch?

Meine Mutter brauchte immer endlos, um schlafen zu können, mindestens eine Flasche Maria und gefühlte tausend Zigaretten.

Im Flur suchte ich schnell meine Schulsachen zusammen. Ich fand ein graues T-Shirt, von dem ich nicht wusste, wem es gehörte, und roch dran. Das war zwar nicht mein Geruch, aber okay. Darüber zog ich die Jeansweste, mit dem gelben Blitz drauf, die meiner Mutter gehörte, aber zum Sterben aussah. Ich sah prüfend in den Spiegel. Damit wirkte ich nicht wie ein kleiner Junge und wenn ich die Haare weiter nicht wusch, fielen die auch nicht so bescheuert seidig. Das konnte ich überhaupt nicht leiden. Meine Haare mussten lang und fettig sein. Lang wie bei Bon Scott und fettig – wie bei Ronnie. Dann spannte ich meine Muskeln an, aber man musste ehrlich sein. Da waren keine zu sehen.

Vielleicht fragt ihr euch jetzt, warum ich mir nicht noch gleich ein paar Cornflakes gemacht oder warum ich nicht in den Kühlschrank geguckt habe, von wegen Frühstück? Na erstens, weil ich morgens nichts mehr zum Frühstück aß, sondern mir unterwegs ein Brötchen besorgte, und zweitens hatten wir keinen Kühlschrank. Wozu auch?

Dafür hatten wir einen tragbaren Superherd, mit zwei angerosteten Platten und jede Menge schartiger Stellen und ich musste sagen: Lieber einen deutschen Spitzenherd aus zweiter Hand als einen Kühlschrank. Oder habt ihr euch schon mal Spaghetti im Kühlschrank aufgewärmt oder Spiegeleier da gebraten?

Ich schlich wieder in mein Zimmer und hörte meine Mutter irgendwann draußen herumturnen und wie irre husten. Ich knickte mir die Scheine klein und versprach mir, als ich Gewissensbisse bekam, dass ich es ihr wiedergeben würde. Ehrenwort. Nur wann genau wusste ich natürlich noch nicht. Wahrscheinlich, nachdem ich die Schule beendet hatte, weg war und einen richtigen Job haben würde. Einen Richtigen, nicht wie die bei uns. Dann presste ich meine Schultüte an den Körper und ging mit einem kurzen Tschüss aus dem Haus. Sie musste ja nicht noch mein Gesicht sehen. Ich bildete mir nämlich ein, dass meine Mutter es checken würde, wenn ich Mist gebaut hatte, und dass ich Mist gebaut hatte, wusste ich natürlich. Ich war nicht blöde. Aber was konnte ich tun? Warten? Mit 'nem blauen Auge? Ich brauchte den Walkman sofort und nach dem Unterricht würde ich in die Stadt fahren, mir einen holen und eines Tages würde ich auch sicher hier rauskommen.

Man musste nur am Ball bleiben, sehr hartnäckig darum kämpfen, den Nackenklatschern entgehen, dann würde es gehen. Nicht wie die anderen Idioten auf der Hugo-Lu-ther, mit Gewalt und Dummheit, mit viel Alkohol, Rum-schreien oder Heulen – nein, man musste hartnäckig sein, zäh, aber auch fleißig und manchmal, ja manchmal musste ich weniger schöne Dinge tun ... wie meine Mutter zu be-stehlen, was wirklich das Mieseste war. Schlimmer ging's nicht. Ohne das würde es aber nicht gehen. Ich hatte schon eine Art halben Plan, der zwar lang und nervig war, mit dem man es aber schaffen konnte. Man durfte nur keinen verfickten Fehler machen. Verdammte Scheiße, eigentlich durfte ich nicht mehr irre viel fluchen, und Schimpfwörter benutzen wollte ich eigentlich auch nicht mehr. Das ge-hörte zu dem Plan dazu. Aber was konnte ich machen? Ich liebte Schimpfwörter und kannte eine Menge. Je fieser, desto besser, dachte ich mir, als ich die Treppe hinunter-sprang und auf die Straße trat.

2

Ich weiß nicht, wie es euch mit der Gegend, in der ihr lebt, so geht, aber immer, wenn ich bei uns runterkam, fand ich unsere Straße zum Sterben. Wenn man nach links guckte, war da die eine Autobahn zu sehen. Oben an der Schrä-ge standest du gleich bei den Autos. Es dröhnte die ganze Nacht, weil da der Verkehr direkt vorbeidonnerte. In den

Häusern wohnten meistens die Alkis und Irren vom Kiosk und einige Künstlerstudenten, die irgendwo in der Gegend studierten. Fragt mich jetzt nicht, warum die dort wohnten. Wegen der schönen Aussicht bestimmt nicht. In den Häusern brauchte man nur den Arm auszustrecken und man konnte die Lastwagen berühren, so nah war das. Immer hin und her und ich dachte eine Zeit lang, dass Otto bestimmt seinen Witz da herhatte. „Hallo Frau Sowieso, Sie wohnen direkt an der Autobahn, haben Sie da nicht Probleme?" „Nein! Nein! Nein!"

Die Kinder sind die Schräge immer wieder rauf gelaufen, um genau dort zu spielen. Die sind einfach aus Spaß die Betonschräge hoch, um dann auf die Autobahn zu laufen. Die spielten, wer als Erster den Mittelstreifen erreicht und zurück, oder wer ein Auto zum Ausweichen zwingt, solche Sachen. Als Mutprobe, was weiß ich. Sicher war es kein Spiel, sondern es gab für uns einfach keinen anderen Platz. Die von der Stadt hatten deshalb ein hohes Gitter aufgestellt, aber die Kleinen haben als Antwort mit Händen ein Loch gegraben und weitergespielt. Eines Tages ist natürlich einer überfahren worden. Das war Ronnies kleiner Bruder. Lothar, ein kleines, ziemlich aufgewecktes Bürschchen mit heller Krächzstimme, und vielleicht hatte Ronnie deshalb immer einen melancholischen Blick in den Augen gehabt. Der schaute weit in die Ferne, selbst wenn er einen anguckte. Manchmal hab ich gedacht, der sieht da hinten seinen Bruder, wie der vom Laster überfahren wurde, aber sicherlich hatte der einfach nur einen Silberblick.

Nun, das war aber echt zum Sterben, weil es noch eine andere Autobahn gab. Die vor meinem Fenster. Wenn man von oben auf unsere Gegend blickte, lagen wir mitten in einer Art Super-Dreieck von Autobahnen und drumherum die ganze feine Industrie, und erst wenn man lief, kam man in die Stadt oder zumindest an den Anfang. Dann war unsere Straße noch eng. Keine vier Meter war die breit, mit alten unsanierten Häusern. "Ende gut, gar nichts gut" sagten sie bei uns dazu. Alles roch nach wunderbar verbranntem Zeug, wie Zwiebeln, Kohl und Alkohol. Auch weil es in der Nähe eine Brauerei gab und wenn die abends gut durchlüfteten, standen einige der Alkoholiker am Fenster und haben das mit der Haut aufgenommen, kein Witz, so sehr hat das bei uns gerochen. Ansonsten konntest du sicher noch ein paar ausgeschlachtete Autos, nette kaputte Räder und einige Bäume, wo die Hunde immer dranpinkelten, finden. Das war die Hugo-Luther. Es gab unglaublich viele Autobahnen, aber man kam einfach nicht raus. Nur ich, ich würde es schaffen.

Als ich runterkam, sah ich als Erstes Ro beim Alki und Irren Kiosk stehen. Ich hatte keine Ahnung, auf was er da wartete, aber das war okay. Ro hatte Zeit und Ro war zurückgeblieben und auch mein bester Freund, selbst wenn ich mich hütete, das öffentlich zuzugeben. Nicht weil er blöd war, war er mein Freund, sondern weil er gut zuhören konnte. Ernsthaft. Er trug wie immer ein fadenscheiniges Hemd, kurze Hosen und viel zu kleine Badelatschen. Seinen hellblonden, fast weißen Pony hatte er mit der Schere selbst abgeschnitten und seine Augen starrten mich an. „Chris, Chris. Wo gehst du hin, Chris?" „Zur Schule." „Wieder?" „Ja." „Warum?" Aber er konnte einen zur Weißglut bringen, der Sack. „Warum? Nerv nicht, Ro." „Warum?" „Warum was?" „Schule mein ich." „Schule meinst du?" Der war gut. „Um zu lernen. Fürs Leben." „Aber du lebst doch." „Das weiß ich." „Hä?" „Das weiß ich auch und jetzt nerv nicht." „Willst du nerven lernen?", er lächelte wieder, aber er lächelte immer, und wenn ich immer meine, dann heißt das immer. „Nein, du sollst nicht nerven, okay?" „Ja okay, tut mir leid Chris, bis später, ja?" „Ja!" „Später?" „Jaha." „Später?" „Leck mich". „Okay. Später" Ich sah, wie er grinste. Der Arsch hatte mich reingelegt.

Nach einigen Schritten fiel mir was ein. Ich drehte mich um. „Sag mal, hast du wieder getrunken?" Sein kleines Mäusegesicht bekam von einer Sekunde auf die andere eine dunkle Färbung. Ich hatte richtig getippt. Er trank manchmal oder besser gesagt, für meinen Geschmack trank er ein wenig zu häufig. „Ich sag dir doch, wenn ich dich noch mal erwische, wie du morgens vorm Kiosk rumstehst, gibt's 'n Brett." „Och nö, Chris." Bei dem Gedanken wurde er unruhig und versteckte sein Gesicht hinter den

Händen. „Aber ja. Darauf kannst du dich verlassen. Verstanden?" Er nickte. „Was?" „Verstanden." „Na dann ist gut." Ich nahm meine Plastiktüte mit den Schulsachen wieder fester in die Hand und legte einen Schritt zu. Ich wollte nicht, dass Ro schon vormittags trank, das war ungesund. Auch wenn er mal woanders hinkam, würde das kein gutes Licht auf ihn werfen, aber er sollte mir nicht noch weiter auf die Eier gehen. Das würde er sicher den ganzen Nachmittag nach der Schule noch tun. Aber plötzlich fiel es mir wieder ein und ich fing an zu grinsen. Da würde ich ja schon einen Walkman haben.

Ich rede jetzt ein wenig schlecht über ihn, fällt mir auf, aber ich mochte ihn ja. Ich kannte Ro seit meiner Geburt. Wir hatten zusammen gespielt, gekackert, gerülpst, gelacht, bis er so geworden war. So behindert. Er erinnerte mich manchmal an ʼne dürre gefleckte Katze, die gestreichelt werden wollte, aber immer viel zu viel Angst hatte näherzukommen. Dazu hatte er einen kleinen Kopf, wie ein Nager, und roch immer ein wenig streng und manchmal hatte er einen richtigen Anfall. „Epillepie, aber happy" sagten sie bei uns und das stimmte. Wie schon gesagt, er lächelte einfach immer.

Im ersten Jahr bin ich noch mit ihm in eine Klasse gegangen, da haben die anderen Kinder ihn immer Stinker gerufen und er war aufgeregt, weil er schon damals nicht mehr viel verstanden hatte. Er lernte nicht lesen und nicht rechnen und einmal hatte er auf dem Klo einen richtigen Anfall und ich war dabei und hab ihn gehalten, wie ich es immer tat. Die Lehrer haben ganz schön geguckt, auch Frau Pietsch. Die wussten nicht, was sie tun sollten, während er mich in einer Tour vollgespuckt hat. Ich hab ihn erstmal richtig lange an der Wange gestreichelt, doch als das nichts genützt und er immer weiter gespuckt hatte, hab ich ihm drei, vier ordentliche Backpfeifen gegeben und ihn angeschrien. Das half komischerweise immer. Irgendwann ist er zum Glück wieder runtergekommen und konnte allein aufstehen und weggehen und dabei hat er schon wieder gelächelt. Er wusste noch nicht mal mehr, dass er das gehabt und ich ihn gehalten hatte. In der Hugo-Luther hab ich davon nie was erzählt, weil ich nicht wollte, dass die anderen Jungs das mitbekamen und uns hänselten.

Naja, Ro ist aber später auf eine andere Schule gekommen und sie haben ihm eine Diagnose gegeben und eine Empfehlung für die Klippschule. Da ist er aber nie hingegangen. Sie haben ihn immer mal wieder wohin gebracht, weg von seinen Eltern, die zum Ficken zu blöde waren, aber da hat er es nie lange ausgehalten. Eines Tages war er immer wieder da. Wie gesagt, alle kamen wieder. Auch Ronnie und Hagen. Die waren aber ganz woanders gewesen. Ro hat beim Stehkiosk getrunken, viel Radio gehört und sich bei uns rumgetrieben, bis ich wiederkam, und einmal hat er ein Auto angezündet, als er betrunken war. Ich hab ihm häufiger vorgelesen, später, als das bei mir mit dem Lesen besser wurde. Meist Rittergeschichten, er konnte nämlich irre gut zuhören und stellte richtig gute Fragen, wenn man sich ein wenig länger mit ihm beschäftigte. Irgendwann mal, da hat er wieder bei mir geschlafen und da meinte er, seine schönste Zeit wäre im Schwedenheim gewesen. „Und warum?" „Weil mich da mal einer in den Arm genommen hat." Weil ihn da jemand in den Arm genommen hatte. Das war doch wirklich zum Sterben, oder? Ich hab später lange da gelegen, während er neben mir auf der Schlafcouch geschnarcht hat, und musste weinen. Weil ich das auch kannte. Ich hatte ja wenigstens eine Mutter, die sich um mich kümmerte, aber ob die mich häufig in den Arm genommen hat, das würde ich nicht unterschreiben. Die hatte ihren Chris Norman und die anderen Typen, die bei uns immer aufgeschlagen sind und die ihr immer sonst was versprochen haben, und die hatte sie meistens lieber in den Arm genommen.

3

Dass ich neuerdings zu diesem Super-Reichen-Scheiß-gymnasium ging, hatte aber mit Frau Pietsch und Ronnie zu tun, dem ältesten Jungen bei uns auf der Straße. Auf Ronnie hörten alle bei uns im Käfig und wenn einer rumgeflennt hätte, so von wegen Chris ist ein Scheißstreber, der geht zum Gymnasium und lernt immer, dann hätte ihm Ronnie bestimmt eine gewischt und das wollte keiner. Mit Ronnie legte sich nämlich besser keiner an, weil der einfach zu seinem Wort stand. Der hatte noch nicht mal vor den Rockern Angst und das checkten die und wollten, dass er mit ihnen hing und einer von denen wurde. Doch das wollte Ronnie nicht, aber sauer wurden die nicht, weil sie wussten, dass er eines Tages doch zu ihnen kommen würde.

Ronnie hatte als Erster eine Moonwashed Jeans und Cowboystiefel, dazu eine geile Frisur, mit nassen Locken, und ein Champs-Shirt hatte der noch aus dem Jugendgefängnis, auch wenn es die natürlich nur in Hamburg gab. Aber wir waren uns sicher, wenn Ronnie in Hamburg gewesen und nicht zurückgekommen wäre, wäre er einer von denen geworden. Ronnie war als Erster vom Zehner gesprungen, mit 'nem Seemannsköpper, das hat sich keiner getraut, und wenn sich die Großen hinten im Käfig die Zigaretten auf den Fingerkuppen ausdrückten, machte er keinen Mucks. Ronnie hatte sich seine Arme schon früh tätowieren lassen. Ich erkannte einen Adler, der mit einer Schlange kämpfte, einen Tiger mit zu großem Kopf und eine nackte Frau. Den Rest nicht, der war grün-blau zerlaufen. Vielleicht mochte Ronnie mich, weil ich mich um Ro kümmerte oder weil ich ihm erzählt hatte, dass ich gerne lesen würde, keine Ahnung. Angeblich hatte er ein paar richtige Zeitungen in seinem Wagen und eines der Pansen hinten aus dem Käfig meinte mal, Ronnie wäre voll schlau und hätte aufs Gymnasium gehen können, aber seine Eltern brauchten Geld und er wohl auch und dabei hatte der Vollidiot mich angeschaut, als ob ich kein Geld brauchen würde. Ich war kurz davor, bräsig zu werden und wollte was sagen, aber ich wusste dann nicht, was, und da hab ich es sein lassen. Na ja, war auch egal, Ronnie mochte mich jedenfalls gut leiden und ich ihn natürlich auch.

Ich weiß nicht, ich schätze, ich hab ihn noch in Erinnerung, wie er damals seinen kleinen Bruder von der Autobahn aufgehoben und durch die Straße getragen hatte. Verdammt, das war hart. Aber vielleicht besser, gleich tot zu sein, hatte ich mir in dem Moment überlegt, als für immer und ewig ein Scheißleben weiterzuführen wie wir alle. Mit den Aussichten auf die wunderbaren Autobahnen und den ganzen anderen Kram. Das habe ich aber niemandem erzählen können, nicht mal Ro, der das weitererzählt hätte. Weil das schon ein ziemlich kranker Gedanke für einen Zehnjährigen war, oder nicht? Wer das dachte, baute über kurz oder lang immer Scheiße und Scheiße war das, was ich nicht gebrauchen konnte. Wie schon gesagt, man durfte, wenn man weg wollte, keinen einzigen Fehler machen.

Nur Frau Pietsch wollte ich das mal erzählen als ich in einer Sprechstunde bei ihr war, weil ich ewig so gute Zensuren hatte und sie damals noch dachte, ich würde abgucken. „Aber von wem kann ich denn abgucken?", hab ich sie gefragt und sie hatte mit den Schultern gezuckt. „Was ist mit deinem Nachbar?" „Der ist nie da." „Oder mit einem Zettel", schlug sie vor. „Hab ich probiert, aber wenn ich den schreibe, weiß ich schon alles. Das hat sich einfach nicht gelohnt." Da hat sie aber gelacht. „Einen guten Trick hast du vielleicht, Chris Weiler." „Nee, hab ich nicht. Aber wenn ich einen guten finde, benutze ich den. Solang lerne ich, okay, Frau Pietsch?" „Okay." Sie hatte in ihr Buch gelächelt, was das Abflugsignal für die Kinder war, aber ich war nicht aufgesprungen und abgehauen, sondern hatte dagesessen, als wäre noch was. Was Dringendes. Etwas, das nicht mehr aufschiebbar war. „Noch was?", meinte sie und hatte mich ziemlich erwartungsvoll angesehen, das konnte sie nämlich echt gut. Einen angucken und Hoffnung machen. Ihr Gesicht sah nicht wie bei den meisten Lehrern genervt und bitter gelangweilt aus, sondern als würde man gleich was richtig Tolles sagen. Ich überlegte, ob ich mich das trauen könnte. „Nö." „Na, ist auch gut. Vielleicht fällt es dir wieder ein, was?" „Kann sein." „Weißt du, Chris, ich denke, Kinder wie ihr sollten eine Chance bekommen, nicht?" „Na klar, Frau Pietsch. Na klar".

Und dann hätte ich das vielleicht noch Giselle erzählen können, die auf meiner neuen Schule war und die ich als Einzige echt, echt, echt gut leiden konnte. Hey, nicht wie alle das jetzt denken, sondern einfach nur richtig, richtig gut leiden konnte ich die, und die hätte das sicher begriffen, aber das hab ich auch nicht. Das war noch frisch und neu und da wollte ich ihr nicht damit kommen, dass man besser tot wäre. Nachher hätte sie noch gedacht, ich hätte schwer was am Kopf und das wollte ich natürlich nicht. Ich starrte immer noch zu Ro und spürte die Scheine, die ich meiner Mutter gestohlen hatte, und bekam ein überschlechtes Gewissen. Während ich die Straße runterlief und sah, dass er stehen blieb, dachte ich daran, dass es bestimmt besser wäre, das blöde Geld schnell zurückzulegen, wieder nach oben zu laufen. Aber da sah ich Ronnie und Hagen bei ihrem grünen Kadett stehen und die beiden schienen auf mich zu warten und da konnte ich nicht mehr zurücklaufen, war doch klar, oder?

4

Also bis zu dem Tag konnte ich mir immer kaum etwas Besseres vorstellen, als von Ronnie zur Schule gefahren zu werden. Wir aus der Hugo-Luther wurden schließlich nie zur Schule gefahren. Nur auf diese Fahrt hätte ich gern verzichtet. Ich hab noch versucht, einfach an den beiden vorbeizuschleichen, aber das ging natürlich nicht. Die haben die Türen aufgemacht und Hagen meinte, dass sie das denen auf „deiner Schule" nicht durchgehen lassen könnten. Meine Schule!? Als könnte ich was dafür, dass ich nicht nur Schimpfwörter und Schlägereien, sondern auch Deutsch, Mathe, Englisch und sogar Erdkunde ganz gut leiden konnte. Was sollte ich sagen? Ich hab mich in den himmlischen Benzinduft gesetzt und die Klappe gehalten, was sonst? Hagen durfte man besser nicht reizen, wenn er in irgendeiner Stimmung war. Sein heimlicher Spitzname bei uns Jüngeren war nicht umsonst „Gewalt".

Vorne lief AC/DC und ich musste daran denken, dass Ronnie doch Zeitungen lesen würde, doch als ich mich im Auto umblickte, war natürlich keine zu sehen. Das war typisch. Die Jungs erzählten einfach Lügen. Vor allem ärgerte ich mich über mich selbst, weil ich das geglaubt hatte und weil ich doch irgendjemandem was von der neuen Schule und meinen Problemen erzählt haben musste, und ich fragte mich, wem wohl? Aber ich kam beim besten Willen nicht drauf. Ronnie saß vorn am Steuer. Er war groß und schlaksig und hatte eine Hasenscharte, die ihn einerseits richtig entstellte, andererseits ging von seinem Gesicht etwas total Anziehendes aus. Da lagen an dem Morgen echter Hass, aber auch Liebe drin, beides zugleich, was ich echt zum Sterben fand. Seine Augen hüpften immer wild hin und her. Wahrscheinlich dachte er gar nicht mehr an den Unfall von seinem kleinen Bruder und ich überlegte, dass ich ihn das wirklich mal gerne fragen würde, aber das ging natürlich nicht.

„Toffes Auge, Chris", meinte er plötzlich heiser von vorne

zu mir. „Ja?! Findest du?". „Ja. Ganz okay. Auch wenn ich schon bessere gesehen hab, oder, Hagen?" Hagen nickte stur nach vorne. Ich wusste nicht, was ich darauf antworten sollte. „Hm. Kann sein." „Von wem hast du das denn?", fragte Hagen plötzlich. Ich überlegte fieberhaft. „Ich bin hingefallen. Im Käfig." Ronnie lachte leise. „Hingefallen. Hast dir die Schuhe nicht gebunden?" „Hä?" „Ach nichts. Schon okay", mischte sich Ronnie ein. Ich blickte in dem Moment ganz anders auf mein blaues Auge. Hatte es mich die letzten Tage wer weiß wie gestört, fand ich es in dem Moment komischerweise zu klein und wünschte mir, dass es ein wenig größer hätte ausfallen können, und mehr Farbe hätte es ruhig haben können. Ich wünschte mir, dass Ronnie noch nie so ein blaues Auge wie meins gesehen hätte und mich dafür noch mehr loben würde. Was ich dafür getan hätte, sein Freund zu sein? Na ihr seid lustig! Alles. Wirklich alles. Aber offen gestanden war es nur ein ziemlich mickriges blaues Auge, mit nur einem winzigen Schatten, der leider schon wegging. Richtige blaue Augen halten zwei, wenn man Glück hatte sogar drei Wochen. Meins war leider nach drei Tagen am Verschwinden, was sicher auch meine Schuld war, weil ich mich bei dem Kopfstoß zur Seite gedreht hatte.

Sie blickten sich an und fuhren los. Ohne seine Hasenscharte, muss man sagen, wäre Ronnie sicherlich ein wirklich schöner Junge gewesen, aber sie verlieh ihm in dem

Augenblick etwas Gemeines, und obwohl er es nicht war, schlüpfte er langsam in die Rolle hinein. Er hatte bei der Polizei eine dicke Akte und war auf Bewährung draußen. Offiziell arbeitete er auf einem Schrottplatz und verbrannte die ganze Zeit nur Autoreifen. Wenn er einen guten fand, verkaufte er ihn, schwarz, und dann macht er noch Sachen nebenbei. Fragt mich nicht, was. Dinger eben. Er sprach nicht viel, und wenn er was sagte, sprühte sein Mund manchmal klebrige Spucke aus und dann musste man aufpassen, dass man nicht mittendrin stand, aber seine Worte waren in unseren Augen immer wahr und das lag an seiner Aura. Aura ist, wenn einer nicht viel machen muss, man ihn aber sofort spürt, wenn er reinkommt. Egal wo. Ronnie brauchte nur einen Satz zu sagen und alle hören zu, so in etwa könnt ihr euch Aura vorstellen. Wenn ich Ronnie heut in Gedanken vor mir sehe, wie er damals in den grünen Kadett gestiegen ist, an dem Tag, an dem der ganze Mist passierte, der mein Leben für immer veränderte, dann ist irgendwie was Milchiges um ihn herum und seine Augen sagen mir das, was ich heute noch weiß. Dass, wenn bei uns ein Tag mit richtiger Gewalt anfängt, er sehr wahrscheinlich mit mehr richtiger Gewalt aufhören wird.

Neben Ronnie saß Hagen. Er trug eine schwarze Jeansweste und meistens nichts drunter, weil er das bei Bon Scott, dem Sänger von AC/DC mal gesehen hatte. Seine Hardrock-Platten hatte er alle gestohlen. Seinem Vater machte das aber nicht aus, der hatte vorne an der Ecke der Hugo-Luther die Kneipe und in der trafen sich immer die Rocker. Hagen war breiter als Ronnie und, wenn man sich sein rot pickliges Gesicht ansah, gutmütiger. Aber da sollte sich niemand täuschen. Hagen schlug immer dann zu, wenn er lächelte. Er sagte ständig Sachen wie „Guck mal" oder „Ach ja?" und dann schlug er zu. Nur so. Ohne Grund. Ich kann mich nicht erinnern, ob er einen harten Schlag hatte, er hatte allerdings ein ultrahartes Kinn, sagte jedenfalls Ronnie, als er ihn wegen einer Wette im Käfig mal K.o. schlagen sollte. Hagens Kinn war eins von denen, die hinten, weit unter dem Mund lagen und ziemlich dumm wirkten, doch er ging nie k.o.

Sein Vater hatte unten in der Kneipe einen alten Boxsack und an dem probierte Hagen jeden Tag seinen k.o. Schlag, wie er das nannte, und über Bruce Lee konnte er nur lachen, weil der seiner Meinung nach nicht hart zuschlagen konnte, wie er in seinen Filmen immer tat. „Mit dem ollen Kung Fu Zeug. Mit dem Kranich-Stil und der Schlange kriegt niemand richtig Power, also lang nicht so hart wie Mohammed Ali", meinte jedenfalls Hagen immer und der musste es wissen.

Wir Jüngeren hatten Angst vor ihm, weil er grundlos Schläge verteilte und früher habe ich gedacht, dass er uns alle hassen würde. Hagen hatte auch eine Narbe. Hinten am Rücken. Sie stammte von einem Messer, das er in der

Kneipe abbekommen hatte, als er 13 war. Einer der Rocker wollte damit seinen Vater treffen, nur war Hagen dazwischen geraten, fragt mich nicht wie, ich war nicht dabei. Man war das ein Scheiß. Die Polizei kam und Hagen lag ewig im Krankenhaus und beinah wäre er nicht wiedergekommen. Irre schlecht verheilt ist die auch noch. Ganz wulstig. Auf die Narbe war Hagen aber stolz und zeigte sie ewig lang im Käfig rum. Eine Zeit lang hatte er sich so ein Shirt gemacht, mit einem Loch am Rücken, dass man die sehen konnte. Darauf war er dann auch noch stolz, später hat er es aber nicht mehr angezogen, sondern nur noch bei Hitze über den Kopf gebunden.

Ich blickte langsam nach draußen und machte die Augen im Fahrtwind zu und spürte, wie die warme Zugluft langsam immer stärker und stärker wurde und mich hinaus wieder zurück in mein Bett ziehen wollte. Ich öffnete sie erst wieder, als wir am Schwedenheim Richtung Ring abbogen. In dem Schwedenheim waren wir alle als Babys gewesen. Kleine, rosige Hugo-Luther-Möpfe, von denen noch keiner an die Welt draußen dachte und die nicht wussten, welcher Mist sie erwartete.

Ich blickte mich wieder hungrig um, doch auf der Sitzbank lagen nur alte Fetzen und Scheuerkram und leere Flaschen und ich hätte doch gerne ein Brötchen gehabt. Aber es ging auch ohne. Eines Tages hatte ich es sicher Ro erzählt und der den Anderen und nun saß ich auf dem

Weg zu meiner „Ihr sollt auch eine Chance haben" Schule und was Ronnie und Hagen dort vorhatten, konnte sich jeder denken. Oder vielleicht dachte ich, als wir auf den Schulparkplatz rauffuhren und einen Parkplatz suchten, vielleicht hatte ich es nicht erzählt und Ronnie hatte mich gesehen und einfach eins und eins zusammengezählt.

Ich schüttelte den Kopf. Nein, erstens war es scheißegal, weil wir nun mal hier waren und zweitens war es Ros Schuld. Ro, der früher immer so sanfte Augen gehabt hatte, und dessen Vater ihn ständig heftig schlug, dass er bei jeder Bewegung zusammenzuckte. Dabei hatte der doch als Säugling eine Krankheit und sein Vater hätte ihm immer nur eine spezielle Medizin geben müssen, was der Idiot natürlich nicht gemacht hatte, und deshalb war Ro so geworden, wie er war. Mann, war das eine Schweinerei, echt zum Heulen. Da waren hundert Jahre Hosenwasser ein Witz gegen, fand ich, und kein Buletten Brötchen zu haben auch. Er war so zart. Manche werden ja bitter, wenn man ständig auf ihnen rumschlägt.

Ich sah nach vorn zu Hagen. Bei dem wippten die Beine, was ich ein schlechtes Zeichen fand. Genauso wie bei den Schiller-Zwillingen. Wie 'ne Nähmaschine. Deren Vater hatte die beiden mal tagelang mit einem Seil zusammengebunden, weil sie nicht hörten, Katzen schlugen oder den Trinkern hinterm Kiosk ihren Pullermann für ein Eis gezeigt hatten. Ro hingegen konnte niemandem was zuleide

tun. Als er damals aus einem der Heime zurückkam, meinte er immer nur zu allen: „Du darfst mich nicht schlagen,
ich bin ein Kind." Das haben ihm wahrscheinlich die Pfle-
ger gesagt und gehofft, ihn dadurch schützen zu können.
Nur dass sich da keiner drum geschert hat. Seine Eltern
schon gar nicht.

5

Meine neue Schule lag nicht weit von uns entfernt, aber
bei der Anmeldung hatte ich sofort ein zum Sterben
schlechtes Gefühl gehabt. Kein anderer aus der Hugo Luther war jemals auf diese Schule gekommen, keiner. Ich
war allein. Ich wollte Frau Pietsch schon bitten, mich
wieder auf der Hauptschule aufzunehmen. Nie wieder
Schimpfwörter war mein Angebot. Die verstand aber
überhaupt nicht, was ich da von ihr wollte und kam nur
immer wieder mit ihren „auch ihr müsst eine Chance haben" Spruch. „Na drauf geschissen", hätte ich da beinah
geschrien. Hab ich aber natürlich nicht. „Ich will nicht auf
die Schule." Frau Pietsch reagierte nämlich allergisch auf
meine Schimpfwörter und ich wollte sie anflehen, mich
zurückzunehmen. Auf der Hauptschule langweilte ich
mich zwar ewig, aber ich musste mir nicht ständig diese
ganzen reichen Jungen angucken.

Die Älteren kamen mit dem Motorroller zur Schule oder sogar mit dem Auto, die Jüngeren mit sauteuren Renn-rädern, und alle trugen die Haare vorne länger und den Nacken sauber ausrasiert oder gewellte Föhnfrisuren. Sie hatten alle frisch gewaschene Haare, die seidig glänzten, und immer neue und richtig frische Sachen. Die trieben Sport und ernährten sich regelmäßig und das sah man, fand ich. Richtig gesund sahen sie aus und ihre Blicke steckten dich in die Tonne, so ein Müll warst du in deren Augen. Die einen wohnten entweder direkt an der Schu-le, da war es auch schön, die meisten kamen aber aus der Kanzlerfeld-Siedlung mit Einfamilienhäusern und großen Gärten und ihre Eltern waren Ärzte, Rechtsanwälte und Fabrikbesitzer. Die rochen und redeten ganz anders als wir zumindest. Die sagten nicht zu allem „zum Sterben" oder „Klinterklater" und einen Alki und Irren Kiosk hatten die sicher noch nie von nah gesehen. Aber Frau Pietsch hat sich davon nicht erweichen lassen, sondern alles ge-leugnet. „Nein, nein Chris, die sind da super freundlich und hilfsbereit. Das ist deine „Möglichkeit", und auch sehr nett war ihr Abschiedsspruch: „Du findest neue Freunde". Neue Freunde am Sack. Meine neuen großen Freunde nahmen mich gleich in der ersten großen Pause nach den Sommerferien und gaben mir Hosenwasser. Was das war? Da stellte man einen ins Klo und drückte die Spü-lung, und zwar ganz, ganz lang. Danach gaben sie mir früh am Eingang Backpfeifen. Richtige, bei denen die Backe brannte und man die Finger lange sah. So weit zu dem Thema „neue Freunde finden" und „meine Möglichkeiten ausnutzen". Sie hatten mir bereits angedroht, dass sie mir meine Haare gern mit Benzin waschen würden, und einmal hatte ich meine zweite Hose an, die schon Löcher hatte und die haben sie mir zerrissen und ich bin in Unterhose nach Hause. Das fiel sicher unter „supernett" und „Chance nutzen", oder? Vor zwei Tagen hatte mir dann einer in der Schulkantine hilfsbereit und uneigennützig eine Kopfnuss verpasst und davon war mein Auge. Doch das Schlimmste war immer der Ton, in dem sie mir „Assi" nachriefen. Dafür hatten sie sich mindestens zwei Dutzend unterschiedlicher Tonlagen ausgedacht. Je nachdem, wer und weshalb rief. Selbst wenn sie nur „Chris" riefen, hörte ich da schon „Assi" raus.

Natürlich habe ich mich gewehrt. Vor allem wegen Giselle. Die sollte nicht denken, dass ich Angst haben würde. Aber gegen ältere Jungs, die morgens schon ihr Brot oder was weiß ich nicht gegessen hatten und viel größer waren? Giselle hin oder her, ich hatte keinen Blassen.

6

Als wir an dem Tag endlich auf den Schulhof schlitterten und hielten, blickte ich mich unsicher um und wartete, was die beiden vorhatten. Doch zunächst passierte lange nichts. Draußen standen die Schüler und Schülerinnen in Gruppen zusammen, warteten, verglichen Hausarbeiten und einige, konnte ich gut sehen, waren richtig, richtig gut drauf und freuten sich auf die erste Stunde. Ich weiß nicht, ob ich mich auf den Unterricht freute. Manchmal, ja manchmal freute ich mich bestimmt auf die Schule. Das Wissen, die Ruhe, die Ordnung, alles das, was es bei uns nicht gab, gab es normalerweise in der Schule, doch an dem Tag, überlegte ich, hatte ich mein Zuhause mit zur Schule gebracht und ich wusste nicht, ob das die allerbeste Idee gewesen war. Einige von denen erkannten mich und ob ihr es glaubt oder nicht, aber die hätten, als sie mich im Opel sahen, am liebsten auf den Boden gespuckt, wenn sie sich das getraut hätten oder wenn das ihr Stil gewesen wäre.

Ich musterte Hagen, der nach einer Weile Rumsitzen immer unruhiger wurde und dann Ronnie, der keine Anstalten machte, sich zu bewegen. Ja, Ronnie war eigentlich das größte Geheimnis an dem Morgen. Er guckte nach vorne durch die Windschutzscheibe und fixierte etwas in dem Gebäude, das ich nicht erkennen konnte, und dann

... dann zog ein feines, weiches Lächeln um seinen Mund. Echt zum Sterben. Wieso lächelte er in so einer Situation? Ich blickte es nicht. Hagen wurde bei Ronnies Lächeln noch unruhiger, wie ein wildes Tier, vor allem als ein neuer VW Golf GTI neben uns hielt. Ein weißer, als Cabrio, mit hellbraunen Ledersitzen, die sich normalerweise niemand im Leben leisten konnte. Ich sah rüber und erkannte zwei der älteren Schüler, die mir an meinem ersten Schultag Hosenwasser gegeben und mich mit dem Kopf in die Toilette eingetaucht hatten. Meine besten neuen Freunde. Hallo, schön euch zu sehen. Hättet ihr heute nicht Verstopfungen haben können? Oder euch ein Bein brechen? Beide waren ein Kopf größer als ich, hatten die gleichen Baseballjacken an, auf denen sicher etwas Intelligentes stand, und fanden sich dermaßen großartig, dass die Wände lange wackelten, wenn sie vorbeigingen. Ihre Haare waren wunderbar mattblond, die Hosen mit Bügelfalte, ganz scharf, und dazu trugen sie, tippte ich, der eine Slipper und der andere Turnschuhe. Knöchelhoch und mit 'nem Zeichen drauf, das verdammt teuer war, das aber keiner verstand.

Die beiden neben uns entdeckten Ronnies Opel Kadett und ich weiß nicht, ob ihr den Moment kennt, wenn einer lacht und dann mitten im Lachen bemerkt, dass es überhaupt nichts zu lachen gibt? Dass die Pointe krepiert war? Nein? Nun, bei denen war das so. Die kicherten beim Anblick des Wagens, bis Ronnie ausstieg und da lachten sie eben nicht mehr, sondern wurden unruhig, weil sie mich erkannten und sicherlich eins und eins schnell zusammenzählen konnten. Auch, wenn sie blöde im Kopf waren. Ronnie und Hagen gingen rüber, die beiden stiegen auch aus, unsicher, ich hab Ronnie und Hagen nichts gesagt, ehrlich, aber sie mussten das gespürt haben. Jeder schlug einmal zu – und beide trafen. Heute stelle ich mir vor, wenn danach erst einmal Ruhe gewesen wäre, wäre es vielleicht nicht so weit gekommen. Aber wie schon erwähnt, wenn der Tag mit viel Gewalt begonnen hat, ändert sich nichts. Hagen zerrte einen an den Haaren hinter sich her und kam direkt auf mich zu. „Komm mal her, Chris. War das der, war das der? Ja? Ja?" Er blickte mich aufgeregt an und der Typ tat mir leid, aber ich nickte, weil der mir das Auge verpasst hatte, und Hagen pfefferte meinem neuen besten Freund gleich noch eine.

„Aua", hörte ich den anderen und drehte mich um. Der versuchte grade, Ronnie zu entkommen, der ihn aber zurückschleuderte. „Habt ihr Ärsche keine Ahnung? Kleine Kinder schlagen!", brüllte Ronnie laut über den Schulhof, dass es alle mitbekamen. Ich dachte nur „Was für ein Scheiß, was für ein Scheiß", weil das Ärger geben würde, da war ich mir sicher, und ein Kind war ich in meinen Augen nicht mehr. Der, den Ronnie am Wickel hatte, probierte wegzulaufen, was aber keine gute Idee war, denn Ronnie kickte seinen Fuß weg und der schlug übel auf den Betonboden, dass seine Klamotten kaputt gingen und seine Haare im Dreck landeten. Wie in einem Bud Spencer Film. Nur in echt. Der Andere kassierte noch eine Bauchnuss. Das machte nur Blong und die beiden blieben liegen. Ich ging dann in die Klasse, ohne noch was zu sagen, doch ich wusste, dass wir grad etwas begraben hatten. Was? Meinen Plan, die Hugo-Luther zu verlassen, und es war nicht meine Schuld, echt nicht. Ich hatte dabei nichts getan und trotzdem war es mein Fehler. „Mitgefangen, mitgehangen", sagte man bei uns dazu und ich dachte daran, dass alle immer wiederkamen und nie weg konnten. Niemand konnte uns vor uns retten.

Als ich mich umsah, versuchte Ronnie schon seinen Wagen zu starten und dann fuhren sie weg.

7

In der Ersten hatten wir an dem Tag eine Doppelstunde Geschichte und ich probierte, alles zu verstehen, obwohl ich aufgeregt war und bereits zum Sterben auf das Ende wartete. Dass es kommen würde, wusste ich, nur nicht wann und wie. Geschichte interessierte mich aber und so schweifte ich langsam von der Schlägerei zum Unterricht. Ich war eigentlich in allen Fächern gut, selbst in doppelt und dreifach beknackten wie Physik, Mathe und Chemie. Da lernte ich jeden Tag doppelt und dreifach für. Ich bereitete vor, bereitete nach und passte extra gut im Unterricht auf, das war Teil meines ursprünglichen Plans. Gut in der Schule werden und dann für immer aus der Hugo-Luther zu verschwinden. Ohne zurückzublicken. In der Bücherei hatten sie, wie für mich gemacht, Spezialbücher für die einzelnen Jahrgänge und ich war schon in der Zehnten angelangt.

Außerdem ging ich zweimal die Woche zur Hausaufgabenhilfe von der Stadt, zum Förderunterricht der Schule und vor den großen Arbeiten zu Frau Pietsch. Ja, das hört sich vielleicht doof an, aber ich lernte und das Ziel war es mir wert. Natürlich nicht die ganze Zeit, hör auf. Manchmal wusste ich schon nicht mehr, wer ich wirklich war, aber ab einem bestimmten Punkt, wo sich das alles zu einem Ganzen zusammenfügte, ja ich geb's zu, lernte ich gerne. Außerdem war ich neu auf dem Gymnasium und dachte, dass es besser wäre, gleich am Anfang einen guten Eindruck bei den Lehrern zu hinterlassen. Besser als am Ende, wenn sie dachten, man sei der geborene Klassenidiot und sich nur ungern umstimmen ließen. Zudem nahmen wir bald Heinrich den Löwen dran und das hatte ich Ro erzählt und der fragte jeden Tag, wenn er mich sah „Chris? Chris? Heinrich der Löwe? Heinrich der Löwe?" Caesar, de bello Gallico, grade waren wir bei den alten Germanen gelandet, wo die hinzogen und was die den ganzen Tag anstellten. Da klopfte es an der Tür und ich wusste, dass mein Plan im Arsch war. „Chris Weiler? Ist der hier?" Ich sah auf. Wo sollte ich bitte sonst sein? Auf dem Mond? „Ja. Hier." „Würdest du mal bitte mitkommen?" Was sollte ich antworten? „Nein, keine Lust. Bin grad dabei, Einsteins Relativitätstheorie zu widerlegen. Können sie nicht jemand anders mitnehmen? Die Typen in der letzten Reihe sind hier falsch." Ich spürte die Blicke, während ich langsam aufstand und nix sagte. Ich hätte mich gern zur Abwechslung verbeugt, das schwebte mir schon lange vor, aber das ließ ich lieber. Ich nahm meine Plastiktüte mit und schlurfte hinter ihr her, ohne tschüss zu sagen. Ich kannte ja bis auf Giselle noch kaum jemanden und Giselle war nicht gekommen. Da brauchte ich nicht jedem die Hand zu schütteln.

Ich schlenderte der Sekretärin durch das Gebäude hinterher und überlegte, was kommen würde. Den großen Schulorden in Gold würden sie mir nicht verleihen. Vor der Tür vom Rektor stand eines der älteren Mädchen und wartete. Auch sie kam immer mit dem Auto aus dem Kanzlerfeld und das war immer noch ein wenig neuer als die anderen. Zudem war es kein Golf, sondern was Sportliches. Sicher ein BMW. Ich wusste nur, wer sie war, weil mir Giselle was von ihr erzählt hatte. Sie war in der Oberstufe und achtete überhaupt nicht auf mich. Nur einmal, als wir im Schulhof standen und was zeichnen sollten, war sie ste hen geblieben und hatte mein Bild angeschaut und mich angelächelt. Da hatte ich kurz eine Krone auf. Ich konnte mir aber nicht vorstellen, was sie gesehen haben wollte. Ich malte eine Cola-Dose ab. Eine echte. In ihrem Gesicht hab ich aber sehen können, dass ihr meine Zeichnung gefallen hat. Dafür hab ich dann von der Lehrerin ein „Thema verfehlt" bekommen. Für das Bild, nicht, weil das Automädchen, so nannte ich sie heimlich, sich das angeschaut hatte. Das Thema hieß nämlich „Was ich besitze". Die Lehrerin meinte, dass die Cola-Dose Abfall sei und wollte, dass wir das Thema eher metaphorisch bearbeiteten. Gut, dass ich wusste, was das hieß. Wenn die Lehrerin gewusst hätte, was bei uns eine echte Dose Cola wert war, wüsste sie, dass ich das metaphorisch gemeint hatte. Ich hatte mir River Cola-Dosen mit fünf Jungs geteilt. Eine! Das wollte ich der aber bestimmt nicht erzählen. Die Lehrerin sah mich eh immer voll schräg an. So als würde sie mich genau kennen, nur weil sie wusste, wo ich herkam.

Aber zurück zum Automädchen. Ich sterbe, wenn ich das erzähle, aber ich fand sie am Anfang fast so scharf wie Giselle, wobei ich mir mit Giselle mehr zu erzählen hatte. Sie war groß, schlank, hatte dunkle Haare und große, warme Augen. Ihre Klamotten waren edel, aber anders als bei den anderen Mädchen auf dem Gymnasium. Ich weiß nicht, wie ich das erklären kann. Eben anders. Nicht langweilig. Das fand ich wichtig. Meine Jeansweste mit dem Streifen zum Beispiel war mir zu klein, billig, aber nicht langweilig, sondern einzigartig, bildete ich mir ein. Ich hatte schließlich noch nie jemanden entdeckt, der genauso eine hatte und das war mir wichtiger als der Preis. Außerdem ging das Automädchen anders. Selbstsicher würde ich sagen. Sie hatte ihren eigenen Stil und ich stellte mir manchmal vor, wie sie wohnen würde und was sie tat, wenn sie zu Hause war? Ich erinnere mich nicht, ob ich das Automädchen schön fand, aber sehr wahrscheinlich war sie beeindruckend. Wie man manche Dinge nicht direkt schön findet, aber dennoch gleich begreift, dass sie etwas Besonderes sind. Ich mein damit, dass es eben eine Kategorie gab, bei der alle begriffen, dass dieses vor einem etwas Einzigartiges war, und das verband dann die Menschen. Dass sie sich darauf einigen konnten, machte sie überhaupt zu Menschen, ja? Wie, das begreifst du nicht? Nun stell dir einfach die Mona Lisa vor! Von der würden doch Hunderttausende sagen, dass sie schön lächelt, oder? Reiche, Arme, Dumme, Hässliche, Nette usw., und weil wir alle ihr Lächeln angenehm finden, verbindet uns das, klar? Keine Ahnung, ob ich dir das richtig erkläre oder ob es stimmt, aber an sowas dachte ich manchmal.

Während wir auf den Rektor warteten, blickte sie mich an und fragte mich plötzlich: „War das dein Bruder da grad eben?" Ich schüttelte stumm den Kopf und mir wurde zum

Sterben richtig heiß, wie einem richtig heiß wurde, wenn einem etwas unangenehm war. Die beiden? Meine Brüder? Sah ich wirklich Ronnie ähnlich? Das war unmöglich. Sie musste halbblind sein. Ronnie war sowas wie ein König und ich, ja, ich war, wenn überhaupt, nur ich. „Den mit der Hasenscharte habe ich schon mal gesehen, oder?", fuhr sie fort und lächelte. Ich nickte und erzählte ihr von Ronnie und wie bekannt er in der Stadt mal gewesen war, während mir innerlich total heiß war. Da waren wir alle total stolz drauf. Einer von uns in der Zeitung, das war wirklich zum Sterben. Ronnie hatte, als er ungefähr in meinem Alter war, eine Zeit lang Standard getanzt, und zwar gut. Er hatte mächtig viel geübt und war immer zu den Stunden gegangen und hatte nicht rumgehangen. Geraucht und geschlagen hat er sich zu der Zeit auch nicht und auch keinen Alkohol getrunken. Selbst im Käfig hatte er die Schritte geübt. Er konnte das richtig, doch von einem Tag auf den anderen ist er nicht mehr hingegangen. Er hat nie erzählt, woran das gelegen hat, sondern sich von da an mit Hagen rumgetrieben und diese ganzen schlimmen Dinge getan, bis sie gekascht worden sind.

Er war mit dem Tanzen in der Zeitung gewesen, aber als er dann ins Gefängnis musste, war das natürlich vorbei. Ich mein damit vorbei, vorbei, ja? Geschichte. Er hätte es vielleicht geschafft, aber Ronnie hatte ultraviel Mist gebaut und dabei war er zum Sterben intelligent. Intelligenter als viele bei uns, sogar als ich, glaube ich heute. Nur hatte er zu früh das Handtuch geworfen und war deshalb wild und gemein geworden.

Das alles erzählte ich dem Mädchen aber natürlich nicht. Ich traute mich kaum, sie richtig anzuschauen, sondern blickte immer ein wenig auf den Boden, damit sie nicht gleich sah, wie rot ich wurde. Sie lächelte mich an und wusste wahrscheinlich, weswegen ich hier war. Ich glaubte, die ganze Schule sprach darüber, weil die älteren Jungs viele Freunde hatten. Vor dem Rektorenzimmer probierte ich hingegen, ein wenig Eindruck zu schinden. Ohne dass ich dabei aber Giselle vergessen hätte. Ich begann leise zu pfeifen, als würde mir alles nichts ausmachen und als wäre ich schon hundert Mal beim Rektor gewesen. Als sie dann reinging, lächelte sie mich an und sagte „Bis bald", was ich nun nicht erwartet hatte. „Ja, bis bald."

8

„Chris Weiler. Komm, setz dich bitte da hin. Ich bin gleich bei dir." Unser Rektor Herr Klinge hatte, wenn man ihn zum ersten Mal sah, ein freundliches Gesicht. Ganz schnell kam aber dahinter ein ultrahartes Gesicht zum Vorschein. Sein "Klinge-Gesicht". Wenn er dich ansah, probierte er, das zu verdecken und lächelte wieder, Inge. Immer hin und her ging das, was ihm ein halb gemeingefährliches Aussehen gab. Klinge Inge, versteht ihr? Na, als würde er krampfhaft etwas verstecken oder richtig einen an der Schüssel haben und so war es auch dieses Mal. Er lächelte, als ich reinkam, aber als ich vor ihm saß, schaute er mich schon steinhart und ernst an, als würde er mir gleich von seiner Krankheit erzählen, für die nur ich ein Geheimrezept hätte, oder als müsste ich die Schule zur Strafe mit der Zunge auflecken. Ich hörte dann aber Klinges Stimme und blickte nach oben und fühlte mich winzig. Ich wusste, was kommen würde.

Herr Klinge erklärte mir ziemlich direkt, was er grad gesehen hatte, obwohl ich hätte schwören können, dass sein Auto noch nicht auf dem Parkplatz stand, als ich mit den Jungs ankam. Er blickte dabei auf den leeren Schulhof und ich dachte kurz, dass Ronnie und Hagen vielleicht zurückgekommen wären. Dann drehte er sich um, stand auf und nahm meine Akte vom Schrank. Ich konnte das sehen, weil mein Name draufstand. Chris Weiler, und ich spürte, dass die Tropfen sich unten bereits zu einem See sammelten. Meine Mappe war total dünn und trotzdem brauchte er zum Sterben lang, um sich alles, was die Glatzköpfe und Frau Pietsch über mich geschrieben hatte, durchzulesen. Irgendwann klappte er sie wieder zu und sah mich an. „Chris, Frau Pietsch hat dich zwar empfohlen und sie hält wohl große Stücke auf dich, aber du scheinst hier nicht so richtig mitmachen zu wollen, oder?" Er sah mich an und kurz schimmerte wieder sein hartes Gesicht hervor, als wollte er mir Angst machen. „Das kann ich sehr gut verstehen. Das Tempo und der Stoff unseres Traditionsgymnasiums sind sicherlich schwierig für einen Jungen wie dich, was?"

Klinge Inge sah mich an. Dann stand er plötzlich auf, ging zur Wand und schlug seinen Kopf volles Pfund mehrmals dagegen, dass es Bong machte. Dann starrte er mich an, als könnte ich was dazu sagen, und dann machte er weiter, bäm, bäm, bäm, bis ordentlich Blut floss. Nein! Natürlich machte er das nicht! Das war ein Witz. Klinge blieb einfach sitzen, wie ein liegengebliebener Furz. Den Trick hatte ich von einem der Ex-Freunde von meiner Mutter. Von dem, der meinte, Lesen würde Kopfschmerzen machen, und da fing ich plötzlich an, mit ihm zu diskutieren, was in etwa das Mittelblödeste war, was man in der Situation tun konnte. Aber es war eh zu spät. Vorbei. Fragt mich nicht, wie ich da noch auf die grandiose Idee kam, mit dem Rektor zu diskutieren. Sicher nicht durch Nachdenken, das stand mal fest. Die saßen immer am längeren Hebel. Aber ich machte es. Vielleicht weil ich noch aufgeregt war, wegen der Schlägerei, keinen Schimmer.

Ich erzählte ihm als Erstes von den beiden Golffahrern mit den Föhnfrisuren. Wie sie meine Hose kaputt gemacht und mich geschlagen hatten. Dem Hosenwasser. Meinem

Auge ... und Klinge meinte, als ich kurz Luft holen muss-te, da wäre doch nichts zu sehen, und da wurde ich dann richtig sauer. Auf meinen Rektor. „Chris?", unterbrach er mich laut. „Du weißt, dass deine beiden Freunde diejeni-gen waren, die vor zwei Jahren in unsere Schule eingebro-chen sind? Und dass sie dann noch versucht haben, meine Schüler zu erpressen. Ronnie Stolz und Hagen Reh?" Er hatte mich. „Nein, das weißt du natürlich nicht. Ich dachte, das würde man sich bei euch erzählen." Ich zuckte mit den Schultern, gut, aber was hatte ich damit zu tun? „Deshalb habe ich abwehrend reagiert, als Frau Pietsch hierherge-kommen ist und ausgerechnet deine Akte dabeihatte." Ich schüttelte den Kopf und dabei musste ich auch wieder lau-ter geworden sein. Viel lauter als ich gewollt hatte. „Ja, aber was kann ich dafür? Vielleicht haben Ronnie und Hagen das getan, gut, aber die haben mir geholfen, während Sie nichts gemacht haben."

Ich sah ihn an und mir ging irre viel im Kopf umher. Mehr als ich hier schreiben will. Klar war für mich, die wollten mich vom ersten Tag nicht dabeihaben. Die woll-ten ihrs für immer behalten und nichts teilen. Niemals mit mir. Die reichen Jungs wollten nicht, dass ich was lernte und rauskam, dachte ich aufgewühlt über dermaßen viel Ungerechtigkeit. Sie gönnten mir keinen einzigen Bissen. Doch ich würde es ohne sie schaffen. Ich meine, ich war ein Assi und alle meine Freunde waren auch Assis, angehende Kriminelle, Schläger und Trinker, Dummköpfe, die nie rauskamen, aber sie standen zu mir und das konnte nicht wahr sein, was Klinge Inge da erzählte, oder?

„Nun Chris", pustete er nach einer Weile, in der wir beide still gewesen sind, aus. „Ich glaube nicht, dass du das hier langfristig durchhältst und das, was da eben vorgefallen ist, muss Konsequenzen haben", er lehnte sich auf seinem Stuhl nach hinten und faltete seine Hände. Als wollte er mir zeigen, dass er ruhig war. Aber das war er nicht. Ganz im Gegenteil. Alles war reine Provokation. Ich hatte mich in dem Moment auch nicht im Griff, ich gebe es zu. Klinge wurde noch unruhiger, weil ich nichts sagte, doch dann setzte er sich entschlossen auf. „Weißt du, ich will jemanden wie dich einfach nicht an meiner Schule haben. Ich glaube, du verlässt uns am besten sofort freiwillig oder ich berufe eine Konferenz ein und lasse dich entfernen, ja?" Er schmiss mich von der Schule. Voller Angst, im Vorbeilaufen, jagte er mich davon. So müssen sich Vampire gefühlt haben, wenn der Morgen kam und sie nichts zu fressen hatten. Er blickte dann wieder aus dem Fenster, als wäre nichts gewesen, legte die Akte zurück, setzte sich und fing einfach wieder an zu arbeiten. Als wäre ich Luft für ihn oder was Schlimmes. Eine Art Krankheit, die ansteckend war und vor der man sich wirklich schützen musste und vielleicht, vielleicht hatte er recht. Ich wusste das damals nicht. Ich saß noch kurz da und bin dann gegangen.

Ich bin mir nicht mehr sicher, ob ich damals geschockt ge-wesen bin, dass sie mich von der Schule geschmissen ha-ben. Ich schätz mal, ich konnte es nicht glauben. Das war nicht fair, oder?! Ich hatte nichts damit zu tun gehabt. Nicht direkt, mein' ich. Außerdem – die beiden Älteren hatten das bekommen, was sie verdient haben. Während sie mich jeden Tag fertiggemacht hatten, hab ich davon nichts mit-bekommen, dass der Rektor sowas nicht zulassen wollte. Ich bin dann gegangen. Nur schade, dass ich Giselle nicht mehr gesehen habe.

Giselle. Mann, ihr fragt euch wahrscheinlich auch schon die ganze Zeit, was das mit Giselle auf sich hatte und wie ich an sie gekommen war. Wie das mit mir und den Mäd-chen war. Mal ganz kurz, Giselle war mit Abstand das hübscheste Mädchen auf der Schule! Nur dass es keiner geschnallt hatte. Wirklich. Echt keiner hat sich für sie in-teressiert. Wie konnte das sein? Nicht dass ich viel Ahnung von Mädchen gehabt hätte, nein, ganz im Gegenteil. Im Stadtbad hatte ich einmal mit dem Kopf auf Anja Schro-binskis Schoß gelegen und die Haare bei ihr unten zählen können, während sie geraucht und die besten dreckigsten Witze erzählt hatte. Das war wirklich nichts und gar nichts im Vergleich zu Giselle. In Anja Schrobinski war ich nicht verliebt. Auch, weil die auf Nena gemacht hatte und weil sie sich mit mir umziehen wollte. Das sollte aber keiner wissen. In der Jungenumkleide. Das war peinlich, denn sie war einfach mitgegangen und ich hab mich schnell in der Kabine versteckt. „Hey Chris, mach auf." „Nein." „Warum nicht?" „Verzieh dich. Oder es gibt Ärger." „Ach, jetzt hab ich aber furchtbare Angst." Vor Anja hatte selbst Hagen Respekt. „Hau endlich ab." „Mach ich. Wenn du aufmachst." Sie schaute unter der Tür durch und sprang wieder auf. „Na los." „Auf keinen Fall. Was willst du überhaupt?" „Na was wohl. Ficken." Ich stöhnte. „Was nun?" „Kommt nicht in Frage." „Jetzt mach oder ich trete die Tür ein." Sie trat dagegen. „Hau ab oder ich hol den Schwimmmeister." „Na da hab ich noch mehr Angst. Jetzt mach auf und zeig mir endlich deinen Schniedel. Das ist gerecht, schließlich hast du meine Fotze gesehen." Das stimmte, aber ich hatte mir nichts dabei gedacht. Nur die Haare gezählt. „Niemals." „Ich warte." „Kannst du gerne oder komm morgen wieder", machte ich es mir hörbar in der Kabine bequem. „Ich hab was zu lesen." Sie lief mit Wucht gegen die Türm, viel hätte nicht gefehlt und sie hätte sie aufgebrochen. Das war ihre Spezialität. So ging das, bis der Hausmeister kam und sie rausschmiss. Mann, hat die geschrien. Mit der wollte ich weniger bis gar nichts zu tun haben, die hatte ́ne echte Schake, wenn ihr wisst was ich meine.

Giselle hingegen war eine der Schülerinnen vom Gymnasium, die nah an der Schule wohnten und sie redete anders als die Mädchen bei uns. Bei ihr zu Hause war ich nie, obwohl wir uns jeden Tag in der Pause und auch danach lange unterhielten. Giselle kannte sich mit neuer Musik, Büchern, Mode und Filmen aus und wie sie davon sprach, spürte ich deutlich eine große Liebe zu den Dingen, was mein Gefühl noch steigerte. Eine Freundin von ihr, die ich noch in der Schule beim Runtergehen getroffen habe, hat mir kurz erzählt, sie sei an dem Tag zu einer Art Vorsprechen im Staatstheater. Im Theater, das musste man sich mal vorstellen. Mit 13 ins Theater. Zum Vorsprechen.

Als ich gecheckt hatte, dass Giselle mich mochte, konnte ich das nicht verstehen. Ich musste irgendwas gemacht haben, was sie zum Lachen gebracht hat. Aber ich wusste nicht was. War es mein Bericht über den Alki und Irren Kiosk, wie sie den mal aus Versehen abgefackelt hatten und dann fünf Tage vor dem löchrigem Baldachin gehockt und Frust geschoben hatten? Oder wie der alte Korittke seine Zähne gesucht und seine Frau die unten vor dem Kiosk für Bier verliehen hat? Ich weiß es nicht mehr. Ich hab versucht, so wenig wie möglich zu machen und vielleicht war es genau das, was Giselle gut an mir fand. In Erdkunde waren wir ins Gespräch gekommen, wobei Giselle mehr wissen wollte als ich. Auch, weil ich nicht wusste, was ich sagen sollte und aufgeregt war. Ein stummes, leicht verschwitztes Aufgeregtsein war das und ich dachte von Anfang an, dass ich vielleicht ein klein, klein wenig in sie verliebt wäre. Keine Ahnung, wie ich darauf gekommen war, weil ich noch nie verliebt war und niemanden fragen konnte. Wen auch? Meine Mutter? Hagen? Schnapp sie und knall sie Hagen? Auf keinen Fall. Ro? Was, na klar, erzähl mal.

9

Nach dem Rausschmiss ging ich in den Park schräg gegenüber und kaufte mir beim Kiosk daneben eine Cherry Cola, mit dem sensationellen Ergebnis, dass ich gleich mehr Durst bekam und hinten im Park Wasser aus dem Hahn trinken musste. „Dumm geboren, nichts dazu gelernt, Hälfte vergessen" sagte man bei uns dazu. Da hätte ich ein Hubba Bubba essen können und hoffen, dass der Hunger davon wegging. Ich setzte mich auf eine der leeren Bänke, auf der immer die Raucher in der Pause saßen und die voller Sprüche und Zeichnungen waren, und überlegte, wie es weitergehen würde und was überhaupt, und mit einem Mal bekam ich Angst, dass mein Leben vorbei wäre. Na klar, ich bekam keine Luft mehr und wollte aufwachen. Was wollten die nur alle von mir? Wer würde mich nur endlich einsammeln? Warum hatte ich nicht auf der normalen Schule bleiben können. Aber nein, dafür bekam ich Durst, Angst, Atemnot, ein Chris Weiler Dreier-Angst-Pasch. Ich hatte das Gefühl, als würde alles gleich zusammenbrechen und dann fing ich noch nett an zu zittern. Ich musste vorsichtig sein. Angst konnte sehr hart bei mir sein, wenn sie einmal da war, ging sie nur langsam wieder weg.

Die Fontäne sprudelte eine Weile, ich kämpfte dagegen an, indem ich mir gut zuredete, dann tröpfelte sie noch und dann war es zum Glück fast vorüber und ich glaubte, dass es weiterging. Es blieb nur ein kleines Stück irgendwo tief in mir zurück, aber damit konnte ich einigermaßen leben. Ich überlegte deshalb, ob ich nicht in die Stadt gehen und schauen sollte, ob ein Schwänzer an den Kinos bei den Computerspielen spielte. Aber darauf hatte ich in der Hitze doch keine Lust und um die frühe Uhrzeit war sicherlich keiner da, dem man über die Schulter gucken und ein Spiel abluchsen konnte. Außerdem waren Schwänzer häufig ein wenig blöd im Kopf. Weil sie wenig lernten und ich wusste nicht, was ich mit denen reden sollte. Ich dachte darüber nach, ins Freibad zu gehen, durchsuchte dann meine Hosentaschen und hatte das Geld von meiner Mutter in der Hand. Da ging es lang. Ich musste endlich aufwachen. Da fiel mir ein, dass ich mir den Walkman kaufen wollte. Verdammt, wie konnte ich das vergessen, dachte ich und sprang von der Bank runter. Ich war auf einmal fast gut gelaunt, ich wollte nicht mehr im Dunkeln stehen, weil ich ja was zu tun hatte, und ging sofort los. So war das bei mir. Wenn ich schlechte Laune bekam, machte ich mir einen Plan und dann ging es mir fast immer besser, vor allem als es drüben zur Pause klingelte und die Jungs wieder rauskamen und sich beim Golf trafen, machte ich das ich wegkam.

Um die frühe Uhrzeit war noch niemand in der Stadt, noch nicht mal die Schwänzer aus der Hugo-Luther. Ich sah nur ältere Frauen und Mütter mit ihren Kindern, die sich Socken und anderen Scheiß kauften. Eigentlich wollte ich nicht mehr so über Leute denken oder fluchen, das hatte ich Frau Pietsch hoch und heilig versprochen. Ich karriolte trotzdem fluchend bei Karstadt in den zweiten Stock zu dem Stand, wo sie die Walkmänner hatten, und blickte mich unruhig um. Es war sau früh, außer mir war kein Kunde zu sehen. Nur der bucklige Verkäufer, der keine Ahnung hatte und früher bei den Turnschuhen war, stand zum Sterben gelangweilt in der Ecke und wollte ein wenig schlafen. Warum hatte man den hierher gestellt? Er kannte sich null mit Walkmännern aus und verstand nicht den Sinn dahinter. Dass man seine Ruhe haben wollte. Von der Welt. Dass sie einen vor sich und den anderen beschützen konnte. Der Typ war in meinen Augen viel zu alt. Für was? Na für alles, was mir wichtig war.

Die Räume bei Karstadt waren dafür schön kühl. Ich überlegte, ob ich den Walkman kaufen oder ob ich das Geld nicht zurücklegen sollte. Aber warum? Wenn meine Mutter Stress machen würde, dann könnte es gleich richtiger Stress sein. Ich könnte dann wie Ro draußen oder bei einem der anderen Jungs schlafen. Vielleicht sogar bei

Ronnie, den Gedanken fand ich gut, auch wenn das natürlich nicht ging. Er, mein Bruder, ich musste lachen. Doch dann blieb ich stehen und überlegte. Es war zum Sterben, weil ich mich nicht entschließen konnte, hinzugehen und das Ding zu kaufen und damit alles, was ich die Jahre gehofft hatte aufzugeben. Aber jetzt dachte ich immer wieder und drückte mich dann bei den Spielsachen rum und starrte zu den Walkmännern, bis der Detektiv kam und sich in eine Ecke stellte. Der Detektiv tat in den nächsten zehn Minuten, als würde er mich nicht beobachten und ich tat, als würde ich mich für Playmobilpiratenschiffe interessieren. Mit 13? Aber selbst von weit weg bildete ich mir ein, dass ich meinen Walkman unten in der Vitrine sehen konnte. Es ging trotzdem nicht.

10

Letzten Endes ging ich wieder in die Bücherei. Die lag zwei Straßen weiter und da brauchte ich kein Geld auszugeben, sondern konnte meine Gedanken ordnen. Ich wartete davor, weil sie immer erst um zehn aufmachten. Warum war deren Geheimnis? Die hatten davor einen kleinen Park mit Bänken und tattrigen Pflanzen, die nach Wasser fragten, und von dort aus konntest du durch die hohen Glasscheiben die Bibliothekare sehen. Wie die drinnen wild hin und her rannten und die Bücher säuberlich auf eine Reihe brachten und sich dabei kaputtmachten. Nein, natürlich nicht. Die standen auch nur rum und warteten bis zehn.

Als es endlich so weit war, ging ich rein, schnappte mir ein paar Comics und setzte mich auf die Empore in eine Ecke und überlegte. Aber einen klaren Gedanken kriegte ich nicht zu fassen. Deshalb die Comics. Bei denen brauchte man nämlich nicht aufmerksam zu sein, wenn man die las, und man machte trotzdem was. Keiner sollte wissen, was mir passiert war. Verdammt, ich hätte gerne Ronnie gefragt, was er an meiner Stelle unternommen hätte, aber der hatte mir das eingebrockt und wäre sicherlich nicht extra in der Bücherei aufgetaucht und wenn, dann hätte er sich bestimmt beschwert, dass es keine Sexheftchen gab. Ich musste leise lachen bei dem Gedanken, dass Ronnie sich bei der älteren Bibliothekarin vorne am Eingang Sexheftchen bestellte und denen die Namen diktieren würde. „Einmal Schneefötzchen und die sieben Lecker. Wie, habt ihr nicht? Ich will die aber haben, und zwar dalli."

Wisst ihr, ich brachte mich fast immer um, wenn ich in der Bücherei war. Die Ruhe, die vielen Bücher, die uralten Menschen. Es waren nur Greise zu sehen. Verdammt, lesen war so was von out, dachte ich, während ich in den Comics blätterte und nichts davon mitbekam. Bei uns in der Straße war ich sicherlich der Einzige, der Bücher las. Richtig durchlas. Alle anderen hatten einen Fernseher oder einen von diesen neuen Videorekordern, aber ein Buch? Mit echten, richtigen Buchstaben? Ich sollte ja nicht angeben, was für ein mordsmäßiger Leser ich war, aber wie willst du mit etwas angeben, worauf keiner mehr richtig Lust hatte? Das geht doch nicht, oder?

Das allererste Mal mit Giselle allein war ich auch in der Bücherei. Wirklich, unser erstes Date hatten wir in der Bücherei. Hinten links, wo man fast ungesehen sein konnte. Nun, ein richtiges Date war es nicht, wir haben für Erdkunde gelernt und da haben wir uns dort getroffen. Wo auch sonst? Bei mir? Davor hatte Giselle mich schon zweimal ins Theater mitnehmen wollen, ich wollte auch mit ihr zusammen sein, aber ich hatte kein Geld und behauptet, dass ich das Stück kennen würde. Deshalb hab ich mich auf die Bibliothek mit ihr gefreut. Mich hat es aber ganz schön fertiggemacht, als sie dann wirklich lernen wollte. Nicht weil ich sie küssen oder unter ihren Pullover wollte, sondern weil ich am liebsten alleine lernte.

„Was'n los mit dir?", hatte sie irgendwann gefragt und ich habe den feinen weißen Puder auf ihrer Haut betrachtet. „Nichts. Was soll sein?" „Ich mein' nur. Du hast die ganze Zeit noch nichts gesagt. Als ob ich dich nerven würde." „Nee." „Kannst du ruhig sagen, Chris. Ich hab eh keine Lust." „Nein, ist schon okay. Ich werd' uns mal die richtigen Bücher besorgen", stand ich schwer auf. „Soll ich mitkommen?" Sie starrte mich an, als ob ich sie mit Erdkunde sitzen lassen wollte. Ich wollte sie nicht verletzen. „Soll ich?" „Nein, ich mach das schon. Ich kenn da eins, damit hab ich auch beim letzten Test gelernt." Sie strahlte mich ein wenig verloren und traurig an. „Ja, das wäre gut. Ich hab letztes Mal ...", aber da war ich schon weg.

Ich bin die nächste halbe Stunde unruhig durch die Gänge gelaufen und hab sie immer von weitem beobachtet. Wie sie über dem Atlas saß und die sinnlose Eisenmenge von Südfinnland rausfinden musste und ich wollte doch nur unter ihren Pullover, wusste aber nicht wie. Von null auf hundert unter den Pullover war schwieriger, als im Stadtbad unten die Haare zu zählen. Mann, war Giselle hübsch, diese zarte braune Haut, die großen Augen und ihre schwarzen Haare, eine Strähne hing ihr immer im Gesicht herum. Ich hatte sie mal im Sport beobachtet und mir gedacht, dass ihre Strähne tanzen würde und wie es sein würde, wenn sich unsere Lippen, Zähne und Zungen treffen würden. Immer hin und her und dass ich gerne die Strähne wäre, schön blödes Zeug, was? Naja, ich hab mich mit dem richtigen Buch wieder zu ihr gesetzt und gedacht, ist auch egal. Pullover hin oder her. „Hier, das ist gut." Sie sah mich an, als hätte sie mich vergessen, und ich entdeckte, dass sie schon ein Buch auf ihrem Schoß hatte. Keine Erdkunde, sondern Sekundärstoff Deutsch. Goethe. „Kennst du das?" Ich sah es mir an und schüttelte den

Kopf, während mein Herz wild schlug und ich glaubte zu verstehen, was mir Bon Scott mit Love Hungry Man sagen wollte. „Solltest du aber", lächelte sie mich an und der weiße Puder auf ihrer Haut glänzte. Ich nickte und setzte das Buch auf meine lange Liste, während etwas Feines, Warmes über meine Haut fuhr.

Sie sah sich um und ich begriff, dass sie sich mehr Puder aufgetragen haben musste. „Setz dich mal hin, Chris, ich lese dir was vor." Ich wusste nicht, was passieren würde, aber ich rutschte zu ihr hin, roch ihren Atem und hörte ihre Stimme an meinem Ohr vorbeiziehen und so kam es, dass Giselle mir die nächsten vier Stunden den Werther vorlas, ich ihr unter den Pulli ging und sie dafür eine Fünf im nächsten Test kassierte.

11

Ich weiß nicht, wie lange ich in den Comics geblättert und an Giselles Lesung gedacht hatte, als sich jemand an meinen Tisch setzte. Obwohl um die Uhrzeit die Bibliothek leer sein musste! Ich blickte wütend auf, als wollte ich nicht gestört werden, und plötzlich war ich völlig weg und wollte sterben, denn das Automädchen aus dem Rektorenzimmer saß neben mir. Ja. Neben mir! Das musste man sich geben. Ich musste bestimmt dämlich geguckt haben, weil sie leise zu lachen begann. „Du bist doch auf Empfehlung in der Schule, oder?" Ich nickte überrumpelt. „Und was für Noten hast du?!" „In den Hauptfächern okay, in Geschichte und Reli und Sport auch, in Englisch und in Deutsch 'n Gut. Da haben wir einen Aufsatz geschrieben." Ich hab das alles hintereinander runtergebetet wie 'ne Eins und dann geschwiegen. Wohin würde das gehen? „Ach ja? Und woher kommst du?" Ich sah sie erstaunt an. Sah man das nicht? Ich sah ihr in die Augen. Sie wusste es nicht. „Aus der Hugo-Luther."

Man glaubte, dass sie wirklich keinen Schimmer hatte, aber sie hatte schöne, meeresblaue Augen, die einen tief und ganz freundlich anblickten. „Na da, wo die Autobahnen sich kreuzen. Bei den Assis", wurde ich plötzlich viel präziser als gewollt. Sie sah mich aufmerksam an, und ich glaubte kurz, einen Schmerz bei ihr zu entdecken.

„Du musst dich heute noch an Frau Pietsch wenden. Die ist nicht nur Lehrerin, sondern Stadtkoordinatorin für Schulen und Soziales", blickte sie mich ungerührt an, als hätte sie das davor nicht gehört und da wollte ich erst recht sterben. „Ja, ich weiß." Weil sie erstens wusste, dass ich ein Assi war, der sich wie alle nicht im Griff hatte und zweitens nur deshalb auf diese besondere Schule gekommen war, weil sich wer Soziales für mich eingesetzt hatte. Ne Krücke. Ne Krampe. Ein Bonus-Assi. Ein „Auch ihr sollt eine Chance haben Spacko" war ich ... in ihren schönen Meeresaugen. Was zur Hölle war das für ein Scheißtag? Erst von der Schule geschmissen, ohne Walkman aus Karstadt raus und dann sich selbst vor einem älteren und extrem hübschen Mädchen als Assi abgestempelt. Ich sah mich um. Was hatte ich getan? Die Kollekte im Dom geklaut, wie die Schiller-Zwillinge?

„Weißt du, du brauchst nicht auf freundlich zu machen. Mitleid oder anderen Scheiß kann ich einfach nicht leiden." Sie schaute mich betroffen an und ich wollte mich bei ihr entschuldigen. Weil das eigentlich nicht meine Art war. Aber das war ein ungewöhnlicher Tag – und zu spät. Sie meinte das nicht so, das sah ich, aber ich wurde immer, immer sauer, wenn ich glaubte, dass irgendjemand dachte, er sei was Besseres als ich und dann setzte ich mein wildes Gesicht auf. Das zeigte dann: Bis hierhin. Nicht weiter. Ich schulde dir nichts. Verdammt, vielleicht waren die an meiner Schule was Besseres, keine Ahnung, aber das konnten sie für sich behalten, wie sie eh alles für sich behalten wollten, oder? Das mussten sie nicht jedem auf die Nase binden, nur, weil sie vor mir Angst hatten. Weil ich anders war. Wenn nur Giselle da gewesen wäre, dachte ich, als ich das Mädchen unschlüssig ansah. Die hätte dem Automädchen das erklären können. Aber die hatte ja Theater. Aber vielleicht hatte das Automädchen recht und ich war auf die Vollidioten Straße abgebogen und fuhr da wie ein Blinder rum? „Na gut, tut mir leid. Ich wollte das nicht sagen. Ich …

ich ...ich muss los." Was Besseres fiel mir nicht ein. Ich war eben nur ich, das war's. Ich machte eine entschuldigende Handbewegung, stand auf und dachte an Frau Pietschs Worte, dass ich lernen müsste, mich besser zu beherrschen. Schöne Worte, im Dunkeln gesprochen kamen sie zu spät. „Ja tschüss", meinte sie. Ich ging die Treppe runter, blickte noch mal zurück, doch sie hatte schon ein Buch in der Hand und bemerkte mich nicht mehr. Ich hätte mir selbst vor den Kopf boxen können, aber zurück konnte ich nicht mehr. Dafür war es zu spät.

12

Nun, ich bekam Hunger und Durst und schlich über den Madamenweg nach Hause. Über mir saß die Sonne und ich beeilte mich, in die Hugo-Luther zu kommen. Dabei suchte ich aber erst einmal einen Plan und als ich hinter der Okerbrücke links in die Broitzemer Straße ging, hatte ich einen. Eigentlich war es nicht meiner, sondern ihrer, aber daran hab ich nicht mehr gedacht. Kaum fasste ich einen Plan, glaubte ich, ich hätte ihn mir ausgedacht und nicht mehr die anderen. Ich hoffte, später Frau Pietsch zu erreichen und dann wollte ich schauen, ob ich morgen nicht mit dem Rektor reden könnte. Das war mein Plan, nah an der Genialität, was? Instinktiv ahnte ich, dass Klinge Inge mich nicht einfach von der Schule schmeißen konnte. Das ging nicht. Bei Gericht hört man immer beide Seiten, oder? Das hatte ich jedenfalls mal in einem Buch für Studenten gelesen, das offen in der Bücherei rumlag. Da standen ziemlich sinnvolle Sachen über Gesetze drin und ich hab für das Buch, weil ich viel nachschlagen musste, mehr als zwei Wochen gebraucht. Länger als für das Fremdwörterlexikon und die Bibel. Ich dachte in dem Moment, ich würde zurückkommen. Es wäre noch nicht vorbei. Wenn ich gewusst hätte, wie ich gleichzeitig richtig und falsch lag und wie schlimm alles noch kommen würde, ich hätte auf der Straße stillgestanden, mich in den Wind gelegt und mein Leben angehalten, glaubt's mir.

Andererseits konnte man das nicht wissen und manchmal machten Typen wie Klinge Inge einfach, was sie wollten, meinte Frau Pietsch. Warum zog der ein Gesicht, wenn er nicht einen an der Waffel hatte? Na, ich war jedenfalls in dem Moment zum Sterben froh, dass ich mir nicht den Walkman gekauft und meiner Mutter das Geld wieder hinlegen konnte. Wer wusste schon, wann ich einen richtigen Job haben würde. Das könnte länger dauern, als ich gedacht hatte. Aber meine Noten waren gut. Ich lernte, war fleißig. Ich hatte keinen Eintrag und ich hatte nichts gemacht. Bei den Gedanken wurde ich aufgeregt und hatte schon fast gute Laune, als ich hinten beim

Kalandspielplatz auf den Ring sprang. Ich hatte nichts zu befürchten. Nichts.

Der Schweiß lief mir trotzdem mitten ins Gesicht, als ich endlich am Alki und Irren Kiosk vorbei schlich und hoffte, dass meine Mutter oder Rene da nicht rumstanden. Dann hätte ich wieder komische Rechenaufgaben lösen müssen, was ich nicht wollte, und einer von den Irren und Alkis hätte sicher gesagt: „Na siehst du, Rene. Der Panse ist nicht klug. Die Runde Lütje lang geht auf dich", und mein Onkel hätte versucht, mir ‘nen Nackenklatscher zu geben und ge-meint, „Na, ich werd grallig. Von mir hat der das nicht. Sein Vater war auch ‘n Klinterklater." Ausgerechnet Ronnie, der seine Bescheide nicht lesen konnte. Das machte ich doch für ihn. Ich füllte die sogar aus.

Vor dem Kiosk standen aber nur die Eltern von Ro, Re-nate und Horst und schenkten sich um zehn Uhr gegensei-tig großzügige 22er ein und spülten die mit Wolters runter. Wenn ich später rauskommen würde, würden sie dastehen, und wenn ich wieder reinging, dachte ich. Als ich endlich die Tür zu unserer Wohnung öffnete, fiel mir als Erstes auf, dass kein Smokie lief. Es klingt komisch, aber bei uns lief immer Smokie, und wenn nicht Smokie lief, dann Howie oder NDR3 Schlagermist, was meiner Meinung nach noch schlimmer war. Was die an Musik und Beiträgen brachten, war für'n Friedhof. Die hatten ihre Station sicher gleich neben einem Bestattungsunternehmen und mussten zwischendurch raus, um den letzten Studiogast beerdigen. Ständig juckelten die Musikantenstadl und Schlager runter und die Moderatoren redeten, als wollten sie aus lauter Verzweiflung den Löffel abgeben.

An dem Tag lief aber nichts und aus dem Grund dachte ich, meine Mutter würde in der Fabrik arbeiten. Auch wenn sie mir nichts gesagt hatte. Bandarbeit gab es immer und ab und an raffte sie sich auf und machte das für ein, zwei Wochen. Natürlich nur aushilfsweise. Kartons knicken, stapeln, falzen und was sonst noch. Ich tat alles, um da nicht hinzukommen, nur dass mir das damals nicht bewusst war und sie machte es genauso, nur anders. An dem Tag war keine Musik zu hören, dafür sah aber die Wohnung schlimmer aus als sonst. Viel schlimmer. Bei uns sagte man „wie Sau" dazu oder wenn man älter war, über vierzig, sagte man „wie bei Hempels unterm Sofa". Na, ich hätte gern mal die Hempels gesehen, was die dazu sagten, wie's angeblich immer unter ihrem Sofa aussah, aber egal. Ich seufzte und nahm mir vor, alles wieder in Ordnung zu bringen. Wenn dann meine Mutter nach Hause gekommen wäre, hätten wir ein wenig Ruhe haben können. Dann würde ich eben später oder am nächsten Tag zu Frau Pietsch gehen, redete ich mir ein. Ich begann sofort und meine Gedanken gingen zu dem Automädchen aus der Bücherei. Wie nett sie gewesen war, überlegte ich, als ich die Sachen wieder an unseren Kleiderständer hängte, und wie ich das in Ordnung bringen könnte. Ich musste mich bei ihr entschuldigen. Ich wusste allerdings nicht ihren Namen und überlegte, ob sie wohl einen Freund hätte. Ich hatte sie noch mit keinem gesehen. Ob sie schon mal bei uns vorbeigefahren war? Ob sie unsere Straße gesehen hatte? Oh Gott. Ich hoffte nicht.

Ich richtete mich auf und betrachtete unseren Flur genauer. Mann, an dem Tag war es wirklich ganz schön unaufgeräumt, sogar noch schlimmer als je zuvor, bemerkte ich plötzlich. Hempels am Arsch, mir wurde mit einem Mal mulmig, weil es gar nicht mehr wie unsere Wohnung aussah. Wie sonst? Keine Ahnung. Anders halt, als wäre was dazugekommen. Das man nicht richtig sah. Was Gemeines. Böses. Als ich wegging, war das noch nicht so schlimm gewesen, dachte ich und ging langsam einen Schritt nach dem anderen weiter und schaute mich um. Die Sachen lagen nicht herum, als hätte jemand vergessen, sie aufzuheben, nein, die waren zum Teil kaputt. Die Wohnung sah aus, begriff ich, als wäre ein Riese durchgelaufen und hätte alles kaputtgeschlagen. Keine Ahnung, fragt mich nicht, es war grausam. Als hätte irgendjemand wütend mit einem Knüppel auf den Möbeln herumgeprügelt. Es sah schlimm und richtig traurig aus. Weil unsere Sachen nicht mehr nur alt und abgeschabt, sondern kaputt waren. Wie auf 'm Müll, richtig kaputt.

Jetzt lagen die Sachen überall rum und die Wohnung war nicht mehr wiederzuerkennen und ich bekam das Gefühl, dass der Rausschmiss nicht das Schlimmste an dem Tag gewesen war. Es war ein Instinkt, wie wenn man weiß, dass der Lederball, der da grad auf dein Gesicht zurast, richtig zwiebelt, so ungefähr. An dem großen Spiegel links im Flur klaffte ein fetter Sprung und der Tisch im Flur lag auf dem Boden und hatte alles unter sich begraben und dann sah ich das Blut. Richtig viel Blut.

Also, das war wirklich zum Sterben, weil ich mit einem Mal wieder tierische Angst bekam und mich kurz nicht mehr zu rühren wagte. Es war zurück. Die Angst. Mein Herz schlug hart und ich bekam keine Luft, etwas schnürte mich zu, ich durfte mich nicht mehr bewegen. Es sollte bitte, bitte, bitte Schluss sein, hämmerte es mir unaufhörlich durch den Kopf. Verdammt, es sollte endlich Schluss sein und ich würde sofort zu Frau Pietsch gehen und mich mit Giselle treffen und fragen, wie es im Theater gewesen war und meine Mutter würde in dieser Fabrik arbeiten oder woanders, egal – von mir aus konnte sie wie immer unten im Hof sitzen und ins Nichts schauen, alles würde gleich, ganz gleich wieder gut werden und ich würde meiner Mutter die Zigaretten holen und auch ′nen Mariacron. Zum Munterwerden, das half immer. Wenn nichts half, dann das. Kein Problem. Wenn nur das Gefühl in meinem Magen weggehen würde. Ich schwor, ich wollte nie wieder was anstellen und Scheiße bauen. Nie wieder. Wirklich! Ich würde für immer aufhören zu fluchen. Das Geld wollte ich auch wieder an seinen Platz legen. Alles, alles war gut. Alles musste nur aufhören ...und dann hörte ich jemanden stöhnen. Leise und hilflos. Ein Stöhnen war das, ein ganz tiefes und das kam aus dem Zimmer meiner Mutter.

Langsam öffnete ich ihre Tür. Es war dunkel, weil die Vorhänge zugezogen waren und ich sah sie überhaupt nicht. Ich wollte schon denken, gut, da ist nichts, sie schläft nur länger, aber da stöhnte sie wieder. Sie hatte sich auf ihr Bett gelegt, die Decke über sich gezogen, und zwar so, dass man sie nicht sehen konnte. „Mama? Mama?", fragte ich leise. „Mama, was ist mit dir, geht's dir gut? Kannst du nicht reden?" Keine Reaktion. „Mama? Kannst du nicht reden?", fragte ich gleich nochmal, aber leiser, und setzte mich auf den Stuhl in die Ecke, ins Dunkel, wartete, und sie begann mit einem Mal zu zittern. Richtig zu zittern und ich hatte eine solche Angst, dass ich mich unmöglich bewegen konnte. Ich hoffte noch, dass sie nur viel getrunken und einen Kater hätte, doch ihr Zittern und meine Angst gingen zum Sterben nicht weg. Nach einer Weile hörte ich etwas, das ich nicht verstehen konnte, und langsam gewöhnten sich meine Augen an die Dunkelheit und ich sah, dass auch hier alles Durcheinander und auf dem Boden lag. Alles war kaputt. Zerbröselt. Zersplittert. Ich spürte Panik und überlegte, was ich machen könnte, aber mir fiel nichts ein. Da war alles leer. Ich versuchte, ruhig zu atmen, ich weiß nicht, wie lange, aber meine Mutter musste denken, ich sei weg, denn langsam schob sie die Decke zur Seite und richtete sich auf – sodass ich sie richtig sehen konnte. Ich hatte das Gefühl, ich müsste sterben, als ich durch das Gesicht meiner Mutter in eine Wunde sah. Es war zum Sterben. Meine Mutter war immer hübsch gewesen, etwas naives, leicht Dümmliches lag manchmal in ihrem Blick, doch sie versuchte, fröhlich zu sein, selbst wenn es nichts gab und sie rumschrie, weil sicher alles in ihren Augen scheiße war und sich Chris Norman nicht mehr blicken ließ und wir in dem nassen, kaputten Drecksloch leben mussten und sie absolut keiner mehr singen hören wollte. Doch das vor mir, das war sie nicht mehr. Ihr Mund war blutig aufgequollen, später stellte sich heraus, dass alle ihre vorderen Zähne ausgeschlagen waren. Ich begann leise zu weinen. Ich weinte und weinte, ich weiß nicht, wie lange ich weinte. Meine Mutter tat mir unendlich leid. Und ich tat mir leid, weil ich ihr Kind war und nichts machen konnte. Es war schwarz, so schmerzensschwarz. Dann sah ich ihr Gesicht plötzlich ganz nah und fiel um, weil sich ihr Gewicht auf mich legte, voller Flecken, und einzelne Haarsträhnen schienen rausgerissen und wirbelten lose um uns herum. Ich konnte nichts sagen und als sie mich sah, schrie sie fürchterlich. Ich begriff, dass sie irgendwie aufgestanden sein musste und in der Dunkelheit über mich gestolpert war. Ich weiß nicht mehr, ob sie dachte, dass ich derjenige war, der das getan hatte oder warum. Ich konnte nicht mehr klar denken, nichts mehr sagen, nichts, da war einfach nichts mehr, nur angstschwarz, und da schrie ich. Später begriff ich, dass es eine Art tiefer Schock war. Sie stammelte etwas, dass ich nicht verstand, und spuckte dann ... einen Zahn heraus. Da zitterte ich wie verrückt, sie versuchte, ihre Hand zu heben, doch auch die musste kaputt sein, sie konnte es nicht. Ich wollte aufstehen und sie streicheln. Mann, ich liebte meine Mutter, doch kaum machte ich Anstalten, mich zu bewegen, da fing sie nur stärker an zu weinen.

Irgendwann konnte ich mich endlich befreien. Ich verschwand auf der Toilette, sah mich um, alles kaputt. Ich stolperte in die Küche, Chris Norman Poster auf dem Boden, das Radio auch, der Schrank hing nur noch an einem Dübel richtig arm herunter, unsere Stühlen lagen herum und die Haushaltskassette lag zertreten auf dem Boden. Das sah aus, als wäre einer wütend und ewig drauf rumgesprungen. Ich weiß nicht, wie lange das dauerte, wie lang ich da stand. Ich war wie weg. Mit einem Mal sah ich meine Mutter neben mir stehen. Keine Ahnung, wie sie es geschafft hatte, und jetzt im hellen Licht, ich sag euch: Horror. Ich brüllte sie erschrocken an. Sie fiepte zurück. Das war nicht meine Mutter, das war jemand anders. Ganz sicher. Jemand, der nicht von dieser Welt kam. Das Schlimmste aber waren ihre Augen. Blutunterlaufen, ein Riss davor, als würde ... als würde ich sie noch mal schlagen. Ich versuchte, sie in den Arm zu nehmen, doch es ging nicht. Ich bettelte. Sie rutschte am Türrahmen herunter und kippte bewusstlos zur Seite weg, während mich ihr blutiger Mund anstarrte. Ich wusste nicht, was ich tun sollte, und klingelte in der Minute bei den Nachbarn.

13

Ich wartete eine Weile draußen vor der Intensivstation. An einem Automaten zog ich mir eine Schachtel Zigaretten, ging nach draußen und fing an zu rauchen, was die anderen Patienten aber nicht gut fanden. Weil ich jung war. Nicht mal 14, aber ich sah fertig genug aus, dass sie nichts sagten. Vielleicht hatten sie Angst vor mir, konnte sein. Ich spürte nämlich sowas wie eine Ecke, eine Kante tief in mir drin und die war auf der einen Seite hart, brutal wütend, die gab mir viel Kraft, und auf der anderen Seite was Ängstliches. Was dagegen half, war rauchen und ich steckte mir eine nach der anderen an, bis mir endlich schlecht wurde und meine Hände zitterten. Doch auch als mir schlecht war, konnte ich den Anblick meiner Mutter, wie sie neben mir auf den Boden gesunken war, nicht vergessen. Als ein Fahrer von einem Krankentransporter mich darauf aufmerksam machte, sah ich an mir runter. Das Blut war immer noch an meinen Armen und im Gesicht und ich ging langsam auf die Toilette, um es abzuwaschen.

Als ich dort in den Spiegel sah, bemerkte ich es. Kippe im Mund, Blut auf der Stirn, Hände im Wasser und die Jeansweste an, so könnt ihr euch das vorstellen. Ich war einmal mit der brennenden Zigarette durchs Krankenhaus gelaufen, ohne dass mich einer angehalten hatte, zum Sterben, was? Ich drückte die Kippe am Waschbecken aus. Zurück blieb ein schwarzer Fleck, der mich an eine Fratze erinnerte. Dann erst machte ich das Blut weg, zündete mir wieder eine an und ging in eine der Kabinen. „Hallo, Sie. Rauchen ist hier verboten." „Hau ab!" Die Stimme wurde mutiger. „Hören Sie, ich ruf die Polizei." „Mach doch, du Arsch!" Der Typ klopfte gegen meine Tür. „Jetzt hören Sie doch mal. Das können Sie doch …". Ich nahm einen Zug, riss die Tür auf und blies ihm den ganzen Rauch in sein Gesicht. Er sah aus, als würde er einen Geist sehen. „Was kann ich nicht, was?", schrie ich heiser. „Was? Machen Sie doch, aber ich sag Ihnen, ich bin aus der Hugo-Luther und hab ein Messer in der Tasche. Du Schwanzlutscher." Dann schloss ich die Tür und steckte mir noch eine an. Von dem hab ich nie wieder was gehört.

Zurück setzte ich mich wieder auf einen kalten Stuhl vor der Intensivstation und fühlte mit der Hand nach den Zigaretten. Wenn ich die hatte, dachte ich, war ich sicher. Da konnte mir keiner was. Nach einer Ewigkeit kam endlich einer der Ärzte raus und unterbrach meine Gedanken. Es war ein Junger, ganz gut Aussehender, einer von denen, die frisch waren, das sah man. Genauso wie man uns immer ansah, dass wir total verbraucht waren, bildete ich mir jedenfalls ein. Als könnte ich mich in ihm spiegeln. Nur umgekehrt. Nun, er kriegte jedenfalls von meinen Gedanken nicht viel mit, hoffte ich, sondern erklärte mir langsam und deutlich, dass sie meine Mutter grad in eine Art Tiefschlaf versetzt hatten, um sie zu schützen. Dann zählte er mir auf, welche Verletzungen sie festgestellt hatten. Nicht ohne sich zu unterbrechen und mich fast ängstlich zu fragen, ob das vielleicht zu viel für mich wäre. Ob ich nicht meinen Vater anrufen wolle oder wie es mir ginge? Wie sollte es mir gehen? Ich überlegte, ein Feuer zu legen, das ging. Als ich ihm sagte, dass ich keinen Vater hatte, stöhnte er. Ganz tief in sich. Es klang, als würde es ihm leid tun und das tat es wohl auch.

Ich wusste, wenn einer mit einem Mitleid hatte und wenn einer echtes Mitleid hatte. Der hatte echtes Mitleid mit mir. Meistens störte mich das und ich fluchte dann böse vor mich hin, weil ich sicher arm, aber nicht blöde war, was einige immer dachten. Dieses Mal ging es aber, das mit dem Mitleid, weil es eben echt war, und ich hörte ihm zu, während ich langsam die Zigaretten in meiner Tasche zerdrückte. Meine Mutter hatte vier Brüche. Ihre Vorderzähne waren, wie befürchtet, alle ausgeschlagen. Wahrscheinlich mit einem Aschenbecher, dabei sah er mich eindringlich an, als wäre Rauchen in der Wohnung nicht schlimm genug, und ich drückte meine Packung in der Tasche fest zusammen, dass sie später einen dicken Super-Glimmstängel ergeben würden. Aber das war mir egal. „Eine schwere Gehirnerschütterung, vielleicht ein Schädelbruch kommen noch dazu und zudem konnten wir die Gehirnblutungen noch nicht völlig schließen. Wir möchten da noch Tests machen, die Zeit brauchen, Chris. Chris?", er blickte mich an, als bräuchte er dafür meine Erlaubnis und ich nickte. Was konnte ich tun? „Gut. Ich fürchte aber, das wird ein wenig dauern. Du kannst aber nach Hause gehen, wenn du magst."

Ich schüttelte innerlich den Kopf und er sprach weiter, doch ich dachte, dass ich nicht nach Hause gehen werde. Nie wieder. Nicht in das Chaos. Nicht in das Loch. Ich würde nie wieder aus dem Fenster auf die Autobahn gucken. „Letzten Endes bleiben vielleicht neurologische Komplikationen, wir wollen aber noch abwarten, was die Tests nach den Operationen sagen, ja?" Ich nickte und schluckte, weil das gefährlich klang. Da stöhnte er wieder auf und ich fragte mich, ob er wohl glauben würde, dass er mir das nochmal alles erzählen müsste. Weil ich blöde war oder weil das seine Art war, Sympathie zu zeigen. Mir immer wieder zu erklären, was passieren könnte und dass das alles nicht vorbei war, aber das wusste ich selbst. Wenn du bei uns aufgewachsen wärst, wüsstest du, dass das noch nicht zu Ende war.

Dann lehnte er sich zurück und blickte mich an, als würde er gleich noch mal eine Rede halten. Er fragte mich mindestens zweimal, ob ich begriffen hatte, was neurologische Komplikationen bedeuteten, und ich nickte, obwohl ich zu dem Zeitpunkt nichts begriff. Ich wollte mir dann gleich wieder eine anstecken, doch er schaute komisch, als er die Zigaretten sah, und meinte, dass ich dafür noch etwas jung wäre. „Ein bisschen Rauch entspannt die Nerven, Doktor." „Ja, meinst du? Das werde ich mal meinen Patienten erzählen, die an Lungenkrebs sterben." Er sah mich erschrocken an. „Oh, entschuldige. Das wollte ich nicht." Er lächelte wieder unsicher. Ich zuckte mit den Schultern. Wenn du ein Jugendlicher warst, nahmen dich die Erwachsenen nie für voll, das Krankenhaus machte keine Ausnahme. „Ist okay. Ich kenn das. Wie alt sind Ihre Patienten?" „Fünfundsiebzig der eine und der andere, " er überlegte länger, weil er gern präzise sein wollte, „etwas über 50. Warum?" „Na, da hab ich noch ein wenig Zeit, was?" Ich musterte sein Gesicht. Komisch, dass er unsicher war, oder? Schließlich waren wir in seinem Krankenhaus und meine Mutter lag in einem der vielen Zimmer und wir waren die Assis. Nicht er. Er war ein Arzt, mit einer richtigen Arbeit und sicher einer schönen Wohnung, die nicht an der Autobahn lag.

Ich steckte die Zigarette trotzdem zurück in die Packung. Er war so nett und ich hatte mich auch wieder unter Kontrolle. Er stand beruhigt auf und versprach mir wiederzukommen und meinte, ich sollte erstmal was essen. „Du siehst nicht gut aus. In der Kantine gibt es heute Hackbraten und der ist richtig lecker. Außerdem kommt später noch die Polizei und stellt dir ein paar Fragen, wenn du dich danach fühlst, ja?" Ich nickte stumm und merkte, was für einen Hunger ich hatte. Schließlich hatte ich den ganzen Tag noch nicht gegessen.

14

Die hellbraune Kantine war schon ziemlich leer, als ich reinkam, weil es schon lange nicht mehr Mittag war. Ich suchte mir einen verwaisten Platz beim Fenster, auf dem standen olle Plastikblumen auf ʼner hellblauen Decke drauf. Wie auf dem Stehtisch von unserem Alki und Irren Kiosk, dachte ich kurz, und die Patienten sind auch die gleichen. Herzinfarkte und Komapatienten. Mit Schnittverletzungen. Dann starrte ich aus dem Fenster in die Hecken und Beete und dachte an nichts. Ich weiß, einige von euch Klugscheißern meinen jetzt bestimmt, das geht nicht, Chris, weil selbst wenn man an nichts denkt, denkt man eben doch an was, eben ans nichts, aber wenn du einen Schock hast, geht das sehr wohl. Fragt eure Eltern. Mensch, ich war offen gestanden sicher, dass alle in dem Moment an nichts dachten, und zwar lange.

Keine Ahnung, aber als ich aufstand, waren in den silbernen Behältern nur noch sehr wenige Hackbraten übrig. Den ersten aß ich so schnell auf wie sonst was und dann ging ich nochmal zur Essensausgabe, weil ich immer noch Hunger hatte. Zweimal Hackbraten mit Kartoffeln und Gurkensalat. Die Teller waren weiß wie die Kittel der Ärzte und das Besteck erinnerte mich an die metallenen Stifte und Lampen, die sie bei sich hatten. Aber das Essen schmeckte zum Sterben gut und ich wurde an meinem Kioskplatz fast wieder gut gelaunt. Voll lehnte ich mich zurück und beinah hätte ich meine Beine ausgestreckt, so satt war ich, aber ich konnte mich dann doch beherrschen. Ja, ich überlegte sogar, dass ich mir einen Bananenshake kaufen wollte. Als ich den bezahlen sollte, nahm ich das Geld aus der Tasche und mir wurde mit einem Mal wieder bewusst, dass ich mit dem Geld bezahlte, das ich meiner Mutter am Morgen weggenommen hatte, das ich ihr gestohlen hatte. Das Geld für den abgefickten Scheißwalkman. Ich weiß, ich sollte nicht übel fluchen, aber lasst mich bitte. Ich brauchte das.

Ich ließ den Milchshake einfach stehen und ging weg, auch wenn der Kassierer an der Kasse mir nachrief: „Hallo, du da, Junge? Den Bananenshake hast du doch angefasst. Dann musst du ihn bezahlen. Hörst du nicht? Junge?" Junge, ich ging einfach weiter, Junge, ohne mich drum zu scheren, Junge. Einfach raus, Junge. Raus aus der Kantine,

Junge, raus aus dem Krankenhaus, raus auf die Straße und immer weiter, ohne meiner Mutter einen Schritt näherzukommen. Ich lief weg, riss aus. Ich konnte nicht mehr auf die Tests oder die Polizei warten. Es ging nicht. Ich musste zum Sterben unbedingt weg und mich bewegen.

Ich lief durch die beginnende Dunkelheit. Keine Ahnung, wie lange und wo ich überhaupt hin wollte. Echt, null Orientierung. Hier und da fuhren ein paar Wagen vorbei, aber sonst weiß ich von der Zeit nichts mehr. In meinem Kopf schwirrte dafür das Dunkle aus unserem Flur herum und ich bekam abwechselnd keine Luft, Angst und dann wurde mir übel, dass ich stehen blieb und alles ausspuckte. Könnt ihr euch das vorstellen, den ganzen netten Hackbraten? Nein, zwei Hackbraten? Es war eine Sauerei. Die Leute mussten denken, dass ich getrunken hatte. Ich versuchte, es aufzuhalten und die Hand vor den Mund zu halten, aber das ging daneben, es war peinlich, weil ich mein ohnehin völlig dreckiges T-Shirt vollkotzte. Ich versuchte, daran zu denken, was ich tun wollte, aber ich kam zu keinem Ergebnis und fragte mich, ob ich verrückt werden würde.

Konnte man mit 13 schon verrückt werden? Gute Frage. Wäre ich dann wie Ro? Oder eher wie die Typen beim Alki und Irren Kiosk? Ich erinnere mich noch, dass ich kurz überlegte, zu Giselle zu gehen und ihr alles zu erzählen. Super Idee, aber das ging nicht. In dem Zustand durfte sie mich nicht sehen. So kannte sie mich nicht und was würden ihre Eltern sagen, wenn ich vorbeikommen würde? Der Assi, der ihrer Tochter unter den Pullover gegangen war, will Hallo sagen, nachdem seine Mutter zusammengeschlagen wurde. Ich richtete mich auf und wischte den Dreck am T-Shirt ab. Aber wem hätte ich das erklären können? Das war unaussprechlich, oder? Ich schämte mich. Es stimmte doch, raste es mir durch den Kopf, während ich in unsere Richtung ging. Es stimmte. Wir waren einfach nur Assis, die sich die Köpfe einschlugen und ständig betrunken waren. Jeder bei uns hatte eine von diesen Geschichten, einfach jeder. Ronnie, einen toten Bruder, Hagen, seine Narbe, Ro die Krankheit und jetzt hatte ich eine. Meine. Ich war kein Stück besser und der Rektor hatte einfach recht. Man musste uns sofort entfernen, sonst würden wir alles kaputtmachen.

Das Komische war, dass ich bis zu dem Zeitpunkt echt null daran dachte, wer das getan haben könnte. Weil ich dachte, haltet euch fest, ich dachte, ich wäre schuld! Ich! Ja, ist das nicht irre? Ich habe geglaubt, ich wäre daran schuld, dass meine Mutter im Krankenhaus war. Später haben mir die Sozialarbeiter und Psychologen das erklärt und gemeint, dass es total normal wäre, das zu denken. Weil ich ein Kind war und einen Schock hatte, aber zu dem Zeitpunkt habe ich das überhaupt nicht begriffen.

15

Irgendwann kam ich bei uns an. Es war noch nicht ganz dunkel und ich wollte auch überhaupt nicht nach Hause gehen. Wie gesagt, jeder kam wieder. Die Rocker hatten auf dem Spielplatz ein Feuer aus alten Paletten angezündet und ich setzte mich auf die Tischtennisplatte und sah ihnen stumm zu und wusste nicht weiter. Der Typ, der Hagen damals aus Versehen das Messer in den Rücken gejagt hatte, kam mit neuem Bier und nach einigen Minuten bemerkte ich, dass sich jemand zu mir setzte und als ich mich umdrehte, erkannte ich Ro, der mich wahrscheinlich gesucht hatte. Nach der Schule wartete er auf mich und wollte etwas unternehmen. Wahrscheinlich waren seine Eltern betrunken zu Hause und er hatte es vorgezogen, sich leise zu verziehen, bevor sie auf die Gedanken kamen, dass er an ihrem Unglück schuld war und nicht umgekehrt. Zu dem Zweck ging er raus und trieb sich bei uns in der Gegend rum. Da, wo er müde wurde, schlief er ein. Egal wo oder wann. Er hielt es zu Hause nicht aus, wenn der Mond rot schien. Er schlief auf der Tischtennisplatte oder beim Tor im Käfig hatte ich ihn schon mal gefunden und mitgenommen.

Ro legte seine Hand auf meine Schulter. Er wusste, was passiert war, und setzte sich neben mich, drehte eine Zigarette, die er mir gab. Nicht dass ich der große Raucher war, die Scheißkippen aus dem Krankenhaus reichten mir und ich war Sportler, doch damals nahm ich seine, zog den schweren Schwarzer Krauser Rauch ein und beschloss, Rene zu töten. Ich weiß nicht, woher der Gedanke kam, vielleicht hatte ich ihn die ganze Zeit, als ich draußen rumlief. Vielleicht hatte Ro es leise geflüstert, keine Ahnung, heute weiß ich das nicht mehr, aber als ich das vor mich her sagte, klang es vernünftig und ich hatte einen Plan. Da war dann Ruhe. Rene musste sterben. Rene der Seemann, der Koch, der Mann, der meine Mutter beinahe totgeschlagen hatte. Er musste sterben. Ich würde der Polizei nichts sagen. Das seht ihr sicher anders, aber ich konnte denen nichts sagen und letzten Endes wusste ich, dass es richtig war. Das Einzige, was ich spürte, war eine Wut und Aggressivität, und das fühlte sich gut an. Es fühlte sich nach Bewegung, Reinigung und Sauberkeit an und dass ich mich wehren würde. Es fühlte sich nach Kraft und Mut an.

Doch Rene war stärker als ich. Wie sollte ich das anstellen? Ich dachte nach, während vor mir das Feuer loderte und die Hardcore Rocker rumstanden. Mit einem Messer? Nein, das war zu gefährlich. Er ahnte doch bestimmt, dass ich kommen würde. Wenn ich jetzt kam, wüsste er sicher alles. Ich brauchte eine Waffe, nicht nur ein Küchenmesser und ich brauchte noch jemanden. Einen, der mir half. Ich überlegte lange und beschloss dann, zu Hagen zu gehen. Ronnie hätte mir helfen können, aber er hätte mich sicher davon abgehalten. Für solche Sachen war Hagen einfach besser. Er war aggressiver und würde keine Fragen stellen, dachte ich und hüpfte von der Platte. Ro folgte mir und murmelte die ganze Zeit ein komisches Zeug, das nur für ihn Sinn machte, mich aber einigermaßen beruhigte, weil ich es schon ewig und drei Tage von ihm kannte. Er blubberte dabei nur vor sich hin und ob ihr es glaubt oder nicht, davon wurde ich ruhig. Keine Ahnung, ob er das wusste oder ob er das einfach immer machte, wenn er Stress spürte. Für mich klang das, als ob Spülwasser mit Druck durch ein Abflussrohr gedrückt wurde. Ich weiß, das klingt nicht gerade irre beruhigend, aber für mich tat es das eben doch.

Als wir vor die Kneipe kamen, standen dort einige Alkis und Irren rum und das wunderte mich. In der Rockerkneipe gab's für die immer ein Brett, weil die Trinker und Irren jeden mit ihren kruden Storys nervten. Ganz speziell die Rocker. Ich sah mich um. Aber die Rocker waren draußen und schauten sich ihr Feuer an, da hatten einige der mutigeren Irren und Alkis ihre Chance gerochen, mal den Standort zu wechseln und sich etwas umzuschauen. Ich wünschte ihnen viel Erfolg. Die meisten Alkis und Irren vom Kiosk schrien vor ihrem Revier gewöhnlich mutig rum, aber in der Kneipe mussten sie still sein. Auch mal eine Abwechslung.

Langsam kletterten Ro und ich in der Dunkelheit das Gerüst hoch, das seit zwanzig Jahren das Haus einrüstete, in dem Hagen mit seinem Vater über der Kneipe lebte und von dem manche sagten, es würde dort stehen, um die Geschäfte in der Rockerkneipe abzudecken. Ich wunderte mich, wie gut Ro da hochkam. Der hatte schließlich nur Badelatschen an und mit denen kletterte er das Gerüst hoch, aber ich wusste auch, dass die Jungs ihn ein paar Mal mitgenommen hatten, als sie nachts irgendwo einsteigen mussten, doch er hatte sich nicht bewährt und dann hatten sie es sein lassen. Wir mussten eine Weile an Hagens Fenster klopfen, bis etwas passierte. „Was is'n los?" hörten wir plötzlich seine Stimme weit entfernt. „Wir sind's. Chris und Ro." „Na und? Kann ich auch nichts für." „Hagen, mach mal auf. Bitte!" Ich versuchte, einige Dringlichkeit in meine Stimme zu legen. „Bin beschäftigt." „Ist wirklich wichtig. Hagen." „Keine Zeit. Haut ab." Ich wusste nicht, was ich noch sagen konnte, und deshalb warteten wir ab.

Ich sah unter uns die Trinker stehen, die überlegten, ob sie hingehen sollten. Sie wirkten nicht sonderlich entschlossen, sicher hatte sie ohne die gewohnte Umgebung der Mut verlassen. Ich überlegte, ob ich ihnen auf den Kopf spucken könnte und ob das ihre Entscheidung beschleunigen würde, aber das tat schon Ro, jedoch ohne großes Glück. „Hey du." „Was?" „Das weißt du genau."

„Und du?" Er hatte mich durchschaut. „Ich? Ich nichts. Ich bin am Arsch." „Wie ist es da?", lächelt er. „Willst du?", ich bot ihm einen Tritt an. Er schüttelte den Kopf. „Später." Wir blickten nach unten und ich überlegte, ob es möglich wäre zu springen. Dass ich es beendete. Ich sah nach unten und zur Seite, nichts passierte.

Es dauerte eine Weile, bis das Fenster geöffnet wurde. Dann tauchte in der Dunkelheit endlich Hagens breites Gesicht auf. „Ihr seid ja immer noch da. Was wollt ihr?" Seine Augen waren neblig rot. „Reden." „Reden?", er verzog das Gesicht. „Ihr seid welche! Reden." So gut wie am Morgen schien er nicht mehr drauf zu sein und das lag an einem Mädchen, das da auf seiner Matratze lag und furchtbar schnarchte. Kein Wunder, es war Anja Schrobinski. Ich überlegte, ob ich ihm sagen müsste, wie viele Haare sie unten hatte, aber das wusste er sicher selbst. Komischerweise ahnte Hagen, was wir wollten. Als wir ihm sagten, dass es wirklich richtig, richtig dringend sei, kletterte er endlich raus und setzte sich breit auf einen alten Gartenstuhl, der da schon ewig stand. Er hatte einen freien Oberkörper und als er sich hinsetzte, sah ich seine Narbe leuchten. Er hielt eine Dose Bier in der Hand und sah zum Sterben aus, wie ich mir einen 666 Schläger immer vorgestellt hatte. Ich bemerkte, wie seine Beine wippten. Ich hatte manchmal den Gedanken gehabt, dass Hagen vielleicht mit den Beinen denken würde. So wild. Keine

Ahnung, wie das gehen sollte, aber manchmal dachte ich kompletten Mist und konnte damit nicht aufhören. Das war wie mit dem Fluchen.

„Alles in Form, Chris?" Ich schüttelte den Kopf und begann Hagen zu erzählen, was passiert war, aber in seinem Gesicht konnte man in der Dunkelheit nichts erkennen und wenn, sagte er nur: „Ja und? Ja und?" Als ich durch war, schwiegen wir eine Weile und dann versuchte ich, ihn zu überzeugen mitzukommen oder mir eine Pistole zu geben und er überlegte auf seinem alten Klappstuhl eine Weile, während seine Beine bedrohlich wippten und wippten. „Ist das ein Witz?" „Nein, äh, wieso?" Er blickte unschuldig auf seinen Hände. „Wieso sollte ich die haben?". Ich sah ihn erstaunt an. Alle im Käfig wussten, dass er eine Pistole hatte. Und Hagen wusste, dass das alle wussten. Bei seinem letzten Überfall hatte er eine gehabt. Deshalb auch Schwerer Bewaffneter Raubüberfall und nicht nur Raubüberfall. Das wussten wir alle. Was war denn nun richtig? Doch Hagen meinte: „Das geht nicht. Ich hab keine mehr. Nur mein Vater und der lagert sie draußen." Er zog die Achseln nach oben. „Der würde mich eher totschlagen, als die zu verleihen", und bei dem Wort „totschlagen" blickte mich Hagen so ernst an wie nie zuvor und seine Beine standen still, als wollten sie das Gesagte unterstreichen. Ich schielte aufmerksam auf das Loch in meinen Tennisschuhen und spürte, dass ich besser nicht nachfragen sollte. Jeder, der ein wenig Verstand hatte, bat Hagen nicht ein zweites Mal. „Wenn du Angst hast, machen wir es eben alleine Gewalt", hörte ich eine Stimme hinter mir.

Ich sah erstaunt zu Ro, der zwar lächelte, aber nervös war. Er hatte einen riesen Respekt vor Hagen und wäre nicht mitgekommen, wenn es mir nicht wichtig gewesen wäre. Dass er jetzt noch was sagte, dass Hagen schlecht dastehen ließ und dass er mit wollte, verblüffte mich. Hagen sah ihn an und ich bekam das Gefühl, dass er aufspringen und ihn von dem Gerüst stoßen wollte. Doch Hagen blieb ruhig sitzen, nur seine Beine juckelten, als wollten sie nach Salzgitter. Angespannt standen wir eine Weile auf dem Gerüst rum, rauchten meine Zigaretten aus dem Krankenhaus und blickten auf das Feuer der Rocker, bis das Mädchen drinnen wieder wach wurde und Hagen wortlos durch das alte Fenster zurückkletterte. Doch er hielt noch mal kurz inne und meinte an uns vorbei, seine Augen waren unruhig, eher zu sich: „Willst das machen, Chris? Bist dir sicher? Wegen deiner Mutter?" Ich zuckte mit den Schultern und wusste nicht, was er meinte. Ich nickte nur und er meinte, daran erinnere ich mich noch genau: „Kannst'e ja selbst entscheiden, was?" Und Hagen sagte das in einem Ton, als ob er das nicht konnte. Aber sicher bildete ich mir das nur ein.

Ro und ich kletterten das Gerüst wieder runter und als wir unten standen, erinnerte sich Ro an den Teeladen von den türkischen Männern. Da hing eine Waffe an der Wand. Eine umgebaute Zierwaffe, mit der man schießen konnte. Das sagte er, ohne dass es nach Spülwasser klang. Sondern klar. Ich fragte ihn nicht, warum er mitkommen wollte. Mir war das in dem Moment egal, weil ich an Hagens Worte dachte. Seit dem Krankenhaus hing ich in einer Art schwerster Verzögerungsschleife. Alles kam immer einige Minuten später bei mir an und während einer was zu mir sagte, dachte ich an die Sache davor, und das ging in einer Tour so weiter.

In jedem anderen Moment wäre ich sicher überrascht gewesen, weil ich immer geglaubt hatte, Ro gut zu kennen. Vielleicht war sein Alter deshalb immer sauer, dachte ich kurz, aber keine Ahnung. Mir war alles zum Sterben egal. Ich wollte einfach irgendetwas tun, um meine Gefühle zu ordnen. Normalerweise lernte ich dann ewig und drei Tage für die Schule, alles Mögliche und mehr, aber das ging in dem Fall nicht. Was hätte das für ein Fach sein sollen? Mord und Totschlag im Hauptfach oder Gewaltistik und wie schrieben die da ihre Noten? Mit Blut?

„Ja, warum nicht. Wir können es in der Teestube versuchen", pustete ich aus und setzte mich in Bewegung. Langsam trabten wir runter zum Teeladen. Unterwegs versuchte Ro mich abzulenken und fragte nach der Schule. Als ich ihm von dem Rauswurf erzählt habe, wurde er traurig. Da konnte man richtig in ihm lesen, so offen war er. Warum er wegen des Rauschmisses traurig wurde, verstand ich nicht, aber dann erklärte er es mir, was den ganzen Weg zum Türkenladen dauerte, obwohl es nur ein Satz war. Ich übersetzte mir den: Alle anderen hier wussten, dass ich es schaffen könnte und hatten Hoffnung. „Wenn es einer schafft", sagte er mir, als wir vor dem Laden endlich angekommen waren, „dann könnten es auch andere schaffen, Chris!" Über den Gedanken war er dermaßen stolz, dass wir beide kurz lächeln mussten.

Ich dachte über seinen Satz nach. Später, als alles schon längst vorbei war, weil das beinahe philosophisch war. Aber offen gesagt, zu dem Zeitpunkt war mir das zu viel. Ich wollte nicht die Verantwortung für die Jungs und meine Mutter übernehmen und ich fragte mich in dem nächsten Augenblick auch, wie wir in den Teeladen kommen würden. Der war nämlich zu. Zu meiner Überraschung holte Ro aber unter einem losen Bordstein einen Schlüssel vor. Als er mich ansah, zuckte er mit den Schultern und begann aufzuschließen. Mann, das dauerte ewig, dass ich immer dachte, dass da gleich ein Türke um die Ecke kommen und rumschreien würde, doch es kam keiner und irgendwann kriegte er den Schlüssel umgedreht und wir konnten rein.

Ich war zum ersten Mal in einem Teeladen. Eine braune Bar, kein Alkohol, nur Teekannen und kleine Gläser, einige

Tische mit Stühlen und dann hingen da diese alten Instrumente, Fotografien von Bauern und ihren Maultieren, alte Teppiche und ganz in der Mitte die Pistole. „Mann, das alte Ding, Ro? Nimmst du deine Medikamente nicht mehr? Mit der haben doch die Türken Wien angegriffen." Enttäuscht ging ich näher. Was für ein Reinfall. Sie war ganz aus Holz und mit silbernen Schnallen beschlagen und sie sah null aus wie die Pistole, die ich mir vorgestellt hatte. Aber sie hing da, direkt vor uns, und versuchen konnte man es ja mal. „Hol mal her. Ich glaub's nicht. Das funktioniert doch nie. Wie soll die denn gehen? Wo kommen denn da die Kugeln rein?" Ich sah sie mir aufmerksam an. Das kam mir lachhaft vor, aber als ich sah, wie geschickt Ro das Museumsstück von der Wand pulte, hätte ich sterben können. Er ging dann nämlich hinter den Tresen, als wäre es das Selbstverständlichste von der Welt, in einem leeren Türkenladen rumzulaufen, und holte einige Kugeln hervor, die er mir stolz zeigte. Die sahen wie selbstgemachte Metallkugeln aus. Nicht wie Munition aus dem Fernsehen, sondern eher wie Bleigießen zu Silvester, in dem Stil.

Ich glaubte nicht, dass die alte Mühle wirklich was schmeißen konnte, aber ich wollte nicht abbrechen. Es ging nicht, ich musste schnell zu Rene und dann würde ich weitersehen. Langsam begriff ich die Dimensionen und dass es ernst werden würde, mit oder ohne Pistole, und dann dachte ich wieder an meine Mutter im Krankenhaus, an den Zahn, den Arzt und das super furchtbare Durcheinander war wieder da. Obwohl jeder wusste, dass es bei mir kein Durcheinander gab und ich beschloss, es zu tun. Es war echt zum Sterben. Ich schluckte und überlegte und ging dann Ro hinterher.

16

„Nun mach doch mal, du Assi. Ich geh doch nicht damit zu Rene und dann funktioniert die nicht." Wir konnten uns gegenseitig Assis nennen, das war okay, schließlich kannten wir uns und es war lustig gemeint. Bei anderen war ich mir nicht sicher. Ich hatte mal gesehen, wie Ronnie einem Schwanzlutscher, der sich im Supermarkt getraut hatte, Assi zu ihm zu sagen, mit einem Schlag das Licht ausgeknipst hat. Mit einem Schlag. Hinter uns donnerten die Sattelschlepper über die Autobahn, während ich Ro seit zehn Minuten überredete, in der Dunkelheit ein, zwei Schüsse abzugeben. Nur um sicherzugehen. „Ja, okay", gab er auf. Dann ging er mit der Pistole auf mich zu und umarmte mich kräftig. Ich war überrascht, doch dann löste er sich schnell und sah mich fragend an. „Ich stopf." Ich sah ihm aufmerksam zu, wie leicht er die Kugel reinstopfte, hinten ein dünnes Plättchen reinlegte und dann vorne noch was, grade als der nächste Sattelschlepper vorbeischoss, drückte er langsam ab und jagte das Ding lauthals in die Dunkelheit. Ich starrte ihn an und das Einzige, was ich sagen konnte, war: „Und wo seh ich, dass da 'ne Kugel rausgekommen ist?" Er zeigte mit dem Rohr auf mich. „Guck. Ist weg." „Mach das Ding woanders hin. Bist du behindert?" Er stöhnte, dabei fand ich das eine ziemlich gute Frage, oder? Am Ende gingen wir zu Rene und die schoss nicht. Da hätten wir uns das sparen können. Ro stopfte das Ding kurz entschlossen nochmal, ging zu einer alten Flasche Fanta, stellte die einen Meter entfernt auf den Boden, legte an und schoss.

Die Flasche zersprang in tausend Teile. „Verdammte Scheiße. Das Ding funktioniert ja, Ro." Es schien einfach zu sein, auch wenn sein Arm ganz schön zitterte, fand ich. Ich sah ihn entgeistert an. Es war laut, aber es klappte und ich schlug ihm auf die Schulter, während er wie immer ein wenig vor sich hin lächelte. Plötzlich hatte ich in seiner Nähe einen scharfen, minzigen Geruch in der Nase. Da fiel mir was ein. „Sag mal, hast du getrunken?" Er sah mich mit großen Augen erstaunt an. Wie war er an den Jägi gekommen? Ich war doch bei ihm gewesen! Er musste ihn mitgenommen haben ... ich begann zu schwitzen. „Bist du blöde? Hast du dich bei Hagen bedient?" Hagen hatte immer eine Flasche auf seinem Posten, das wussten ich und alle anderen, aber das Ro den Mut hatte, sich direkt vor ihm zu bedienen, war glatter Selbstmord. Schon vorhin war mir der Gedanke gekommen. Es war, als hätte er Hagen provozieren wollen.

„Von Hagen? Der bringt dich um. Außerdem, weißt du nicht, dass man vom Saufen dumm wird?" Ro zuckte mit den Schultern. „Du wirst dumm wie die Alkis und Irren vom Kiosk. Willst du das?" Das war für mich der absolute Horror. „Was ist dumm, Chris?" Hm, das war eine gute Frage. „Dumm? Na dumm ist, wenn du nicht Lesen und Schreiben kannst." „Kann ich nicht." „Und Rechnen auch nicht." „Kann ich nicht." Ich sah, worauf das hinlief, aber dass er da bei dem Kiosk und seinen Eltern stand, die ihre schlimmen Späße mit ihm trieben. Für immer? Das wollte ich mir nicht vorstellen. „Bin ich dumm, Chris?", er sah mich fragend an und beinah hätte ich schon wieder angefangen zu weinen. „Hm. Kann sein." Ich sah es in seinem Gesicht arbeiten. „Aber ich will nicht ... ich will nicht ..." Er hatte es verloren. Ihm fiel nicht mehr ein, was er nicht wollte. Ich sah in seinem kleinen verlorenen Mäusegesicht, er hatte seinen Gedanken verloren, aber im Endeffekt wäre es besser gewesen, wir hätten meinen Gedanken vergessen. Den mit der Pistole und Rene. Den Gedanken hätten wir besser vergessen sollen, dann wäre das alles nicht passiert und das wäre mit Sicherheit tausend Millionen Mal besser gewesen als alles, was später kam. Außer vielleicht das mit dem Automädchen.

17

Wenn ich mich heute erinnere, wann wir dann endlich los-
gekommen sind, würde ich sagen, es war vielleicht zehn
oder später. Es war warm, aber noch nicht dunkel. Rene
wohnte nicht weit entfernt in einem genauso herunterge-
kommenen Haus wie wir. Gleiche Gegend, gleiche Menschen, gleicher Ärger. Säuferstraße, Schlägerweg, Hugo-
Luther. Ein Zimmer, kleine dreckige Küche und aufs Klo
ging's bei dem auch auf den Flur. Keine Ahnung, warum er
trotzdem immer bei uns rumturnte. Wahrscheinlich, weil
er dann nicht bei sich aufräumen musste. Der war wie gesagt echt irre faul, der Sack.

Während ich ihm alles erzählte, lief Ro schweigend neben mir her und schämte sich ein wenig wegen des Trin-
kens. Die Pistole hatte er in eine alte Plastiktüte geklemmt,
die ständig gegen seine Beine schlug und dann hatten wir
ein altes Küchenmesser, mit dem man sicher nicht mal
mehr eine Apfelsine aufschneiden konnte, dass aber wenigstens spitz war und wenn man es sah, wurde einem
schlecht. Ich weiß nicht warum, aber Ro wirkte konzentriert und ich dachte kurz, dass mit ihm alles planmäßig
ablaufen könnte. Als würde er das täglich machen. Nur, ich
hatte keine Ahnung, wie wir das überhaupt machen wollten und ich weiß heute nicht mehr, warum ich dachte, Ro
wüsste das. Woher sollte denn ausgerechnet er wissen, wie

es weiterging? Ro hatte die Schule nach der Vierten verlassen, trank, seitdem er denken konnte, und seine Eltern lebten von seinem Behindertengeld. Er hatte in fünf Pflegefamilien gewohnt, war aus dem vierten Stock des Kinderheims gesprungen, hat Feuer gelegt und Ratten erlegt. Er kannte keine tausend Wörter und waschen tat er sich ungern, weil ihn mal jemand lange unter Wasser gehalten hatte, dass er beinahe ertrunken war. Er wollte mir helfen. Das machte alles keinen Sinn, aber dennoch glaubte ich an dem Abend, dass er wüsste, wie es weiterging. So war ich drauf.

Einmal fuhr ein Polizeiauto mit hoher Geschwindigkeit an uns vorbei, da drückten wir uns an die Wand eines Hauses und ich hörte Ro laut neben mir atmen. Ansonsten war nichts. Außer mein Herz, das wie wild schlug, aber nicht, wo es normalerweise schlug, sondern oben im Hals, kurz vor dem Mund. Das passte. Ich weiß noch, dass ich in dem Moment an der Plakatwand gegenüber die neue Lux Zigarettenwerbung gesehen habe und eine von den Frauen, die man sonst nie auf der Straße traf, meinte, alles würde mit Lux ultraleicht schmecken. Ich dachte, wenn sie auf ihrer Jacht wüsste, wie Rene immer morgens nach seiner ganzen Kettenraucherei abhustete, hätte sie das bestimmt nicht gesagt. Leicht schmecken? Ernsthaft? Der gute Mann röchelte, als würde es kein Morgen geben, und die Spuckerei machte er nie weg.

Nie. Wofür ich von den Nachbarn immer Ärger bekam. Ich weiß nicht, wie das ging, aber so war's.

Als die Polizei vorbei war, tigerten wir weiter. Niemand rief oder hielt uns in der Sommernacht an, was ziemlich ungewöhnlich war, schließlich kannten wir in der Gegend jeden und jeder kannte uns, das war schon zum Sterben, dass uns niemand bemerkte und anhielt, oder? Verdammt, schließlich hatten wir Waffen dabei und waren kurz davor, einen Menschen zu töten, zumindest planten wir das. Doch als wir unten an dem Haus klingelten, war mein Onkel nicht zu Hause und irgendwie dachte ich kurz, dass es richtig wäre. Dass man das erst einmal verschieben könnte und wir das an einem anderen Tag machen würden. Wann anders. Ich erinnere mich, dass ich ausatme und dachte: „Was für ein Glück. Ich verschieb das." Da war ich kurz federleicht, auch weil in meinem Kopf plötzlich kein Chaos war. Ich wollte es verschieben. Gerade als ich davor stand, begann ich einigermaßen klar denken zu können. Ich dachte, geh zur Polizei, Chris, und erzähl alles. Ist deren Job, weißt du doch. Ro sah mich in dem Moment an, als müsste ich sagen, was wir tun sollten, nur ich wusste das nicht. Dann standen wir ein paar Minuten dämlich herum und ich tat, als würde ich überlegen, wo Rene wäre.

Da fiel es mir wieder ein. Natürlich, Rene war in seinem Keller. Dort unten vergrub er sich, wenn er Scheiße gebaut hatte, und baute an seinen Miniaturschiffchen. Ich drückte die Klinke nach unten und sah die Kellertreppe, doch da hielt Ro mich zurück. „Lass mich. Ich geh, Chris! Ich." „Nur reden", meinte ich heiser. Reden, das klang gut. „Scheiße auf den Mist töten", meinte er dann noch und ich atmete laut aus und dachte nur „Danke". Danke Ro, du hast einfach recht. Was, wenn Rene keine Schuld hatte? Wenn es jemand anders gewesen wäre? Aber wer? Wer? Ich zuckte mit den Schultern.

Ich bin die Treppe langsam runter und da kam Rene um die Ecke, als hätte er auf mich gewartet. Er trug seine Arbeitsklamotten, obwohl er nie arbeitete, und seine Haare hatte er zu einem schmierigen, dünnen Zopf zusammengebunden, vorn sah ich seine Glatze. „Was machst du denn hier?", stieß er überrascht aus und ich sah, dass seine Hände mit getrocknetem Blut besprenkelt waren, wie bei mir im Krankenhaus, und da hatte sich dann natürlich meine Fragerei erledigt. Ich erinnere mich, er sah durcheinander aus, weiß im Gesicht und unruhig. Als wollte er losreihern. Er wusste nicht, dass wir kamen, das spürte ich. Ansonsten hätte er sicher das Blut weggemacht oder er war einfach nur faul gewesen. „Warum hat deine Alte mich nur wegen ihrem Geld genervt, hä?", fing er an. „Ist die dämlich? Wieso sollte ich ihr denn vierzig Mark klauen." Ich sah nur auf seine Hände. „Keine Ahnung, was die alte Schnapsgräte sich da reingedreht hat. Da musste ich ihr erstmal klarmachen, wo der Hammer hängt", fuhr er mit seiner quäkenden Stimme fort und sah mich an. Als müsste ich was sagen, aber ich konnte nicht und wisst ihr warum? Nein? Echt nicht? Keine Ahnung? Weil ich in der Minute etwas begriffen habe. Ich begriff, dass es meine Schuld war, dass meine Mutter im Krankenhaus lag. Ja, und das war zu viel für mich. Davor hatte ich Rene oder wem auch immer die Schuld geben können, aber da verstand ich plötzlich, dass ich, weil ich den Walkman haben wollte und ihr das Geld geklaut hatte, meine Mutter ins Krankenhaus gebracht habe.

Dass das nicht stimmte, habe ich später begriffen, aber in dem Moment nicht. In dem Moment dachte ich, ich wäre der Arsch und nicht Rene. Noch dazu in dem engen, kalten Scheißkeller, der nach alten Kartons, Kohle, toten Ratten und sonst was stank. Rene wurde, weil ich nichts mehr sagte, wütend und stürmte auf mich los, dass ich nicht ausweichen konnte. Ich meine, wir beide waren nie die allerbesten Freunde, klar, aber der Angriff hat mich überrascht und dass er stark war. Er trat und schlug auf mich rein und ich hab Hagen verflucht, weil er gemeint hatte, mein Onkel sei nur ein oller Fisch, aber der hatte Kräfte. Die steckten in dem schmalen Körper sonst, wenn er im Haushalt anpacken sollte, nicht drin. Doch er umklammerte mich, gab mir ein paar Geraden, die ich nicht kontern konnte, und dann hielt er mir den Hals zu und würgte mich, verdammt, ich spürte, wie ich die Luft verlor. Alles dröhnte, platzte, ich dachte, ich sterbe für einen Atemzug, plötzlich surrte es wie bei einer Maschine, ein roter Schleier legte sich über mich – und ich war weg.

Ich wachte erst wieder auf, als sich Ro über mich beugte und schüttelte und kurz dachte ich „Hey, es ist ja Sonntag", doch als ich mich aufrichtete und umsah, checkte ich, dass das nicht sein konnte. Wer wurde am Sonntag von der Schule geworfen? Niemand. Hastig sog ich so viel Luft ein, wie ich konnte. Und dann nochmal. Mann, war das schön, wieder zu atmen. Ich hatte ja schon oft was ins Gesicht gekriegt und ich war schon mal K.o. gegangen, weil ich im Sport einen Medizinball mit Absicht gegen den Kopf gekriegt hatte oder als mir einer von den Schiller-Zwillingen gegen den Kopf getreten hatte, aber nicht wie in dieser Nacht. Langsam kam ich zu mir und sah Ro mit völlig ausdruckslosem Gesicht über mir und dann, als ich mich weiter aufrichtete, meinen Onkel neben mir. Auf dem Boden. Komisch verrenkt. Da roch ich den Geruch wieder. Nach Feuer roch es, obwohl es nirgends brannte. Ich weiß nicht, was ihr denken würdet, aber ich war überrascht. Mein Onkel lag nicht nur direkt neben mir, sondern er bewegte sich nicht mehr und sein Gesicht sah übel aus. Ganz weiß und mordsmäßig wütend, als würde er gern schreien, nur konnte er nicht. Der war tot, begriff ich und schnallte, woher der Geruch kam. Es war der Geruch von unserer Schießübung und mein Onkel war tot. Über 'n Jordan, bei dem toten Ko

miker, weg aus der Hugo-Luther. Der Frauenschläger hatte
es geschafft und ich war immer noch da. Ich stand auf und
stieß ihn mit dem Fuß an, doch er bewegte sich nicht. Ro
stotterte was von wegen, er hatte versucht ihn wegzuzie-
hen, aber dann sei Rene auf ihn zugestürmt und da habe er
geschossen. Ich nickte und war froh, dass Rene tot war. Ich
hatte kein Mitleid mit ihm, nein echt nicht, und plötzlich
nahm ich einen anderen Geruch wahr und mir wurde übel.
Schnell drehte ich mich um und spuckte, was vom Hackbraten noch übrig war, in den Keller.

Langsam sind wir aus der Enge wieder nach oben gestiegen und haben in der frischen Luft kurz überlegt, was
wir machen sollten, und dann sind wir weggelaufen.

18

Ich geb's zu, es war bescheuert von uns, dort oben bei der
Siedlung im Kanzlerfeld langzulaufen, weil es immer noch
diese älteren Jungen gab und der Ärger vom Morgen war
mir präsent, aber ich glaube heute, wir beide haben nach
dem, was im Keller passiert war, nicht mehr dran gedacht.
Also Ro sowieso nicht und ich auch nicht. Es war schnell
irre viel passiert und ich musste die ganze Zeit an meine
Mutter, Rene und den Walkman denken, während wir vor
uns her stapften. Es war der Weg in den Wald und Hagen

hatte uns zwar nicht die Pistole gegeben, aber gemeint, dass es im Lehndorfer Wald eine leere Hütte geben würde und in der könnten wir uns einige Tage verstecken, wenn es Ärger geben würde. Er und Ronnie würden sich um uns kümmern. Wir waren nicht die Ersten mit Problemen aus der Hugo-Luther und wir würden nicht die Letzten sein. Sie wüssten, was wir machen müssten. Dass sie selbst es nicht geschafft hatten, damals, als sie rein mussten, hat er nicht erwähnt und ich hab offen gesagt nicht mehr daran gedacht.

Mann, war der sauer, als wir ihn zum zweiten Mal mit seiner Schnarcherin aus dem Bett geholt hatten, aber als wir ihm alles hastig erzählt hatten, wurde er ruhig und sah mich an, als hätte ich zum ersten Mal in seinen Augen was alleine zustande bekommen. Er kletterte zurück in sein Zimmer und schleppte von irgendwo Geld und zwei Decken her. Auf der waren Pferde und ein okayer Sonnenaufgang zu sehen, aber weil sie alt waren, sah der Sonnenuntergang wie ein olles Spiegelei aus und die Pferde wie schrumpelige Koteletts. Solche, die jemand zu lange gebraten hatte und die keiner mehr essen wollte, weil man sich 'ne Plombe zog. Und er gab mir sein altes Narben-T-Shirt, was acht Nummern zu groß war. Wenn ich nicht gleich dreimal Hurra geschrien habe. Was sollte ich damit? Aber mein Graues war wirklich total dreckig und wenn es etwas gab, worauf die Polizei achtete, meinte Hagen, dann waren das dreckige Assis wie wir um Mitternacht. Die schrien förmlich abgehauen. Aber das T-Shirt und die Decken würden das wegmachen, oder was? Aber das sagte ich natürlich nicht, sondern zog meins dankbar aus, schmiss es vom Balkon, das Narben-Shirt zog ich an und meine Weste darüber. Gut war's.

Dann beschrieb Hagen uns den Weg, als ob wir ein wenig dumm wären, und das waren wir wohl auch, denn wir verliefen uns gleich mal.

Mitten in der Nacht fanden wir uns vor dem riesigen Löwendenkmal wieder. Mitten in der Nacht, mit Decken und der Plastiktüte voll Waffen, die Ro nicht wegschmeißen wollte, weil er die den Türken zurückbringen musste. Ganz allein standen wir da. Na gut, allein stimmte nicht, weil neben uns der Dom stand. Der hatte Türme, die man in der Dunkelheit nicht sehen konnte, und war tausend Jahre alt. Da kam man sich irre winzig vor. Ich überlegte, wer hier schon alles gestanden hatte? Alle unsere Vorfahren und die davor kamen und weitere, die kein Arsch kannte und niemanden interessierten. Sie alle hätten bestimmt schön geguckt, dass wir plötzlich dort standen. Um die Uhrzeit. Da hätten wir aber auch gleich um die Ecke zur Polizei gehen können, dachte ich mir später. Aber Ro schien das alles nicht zu begreifen, denn er fragte mich, wer das auf dem Denkmal sei, und da erzählte ich ihm erst einmal alles, was ich über den Ritter Heinrich und seinen Löwen wusste, und das fand er spannend und mir brachte das ein wenig Ruhe. Ich zeigte ihm die Kratzspuren am Dom, wo angeblich der Löwe auf den Herzog gewartet hatte, und dann erklärte ich ihm, dass der Löwe nach Osten schaute, weil dort Feinde von Heinrich gewohnt hatten, die der Ritter besiegt hatte, und dass irgendwann sein eigener Cousin gekommen war, um ihn fertigzumachen.

Ich spulte das ab und vergaß dabei ein wenig, was passiert war. Wie in einem Referat. Dabei wurde ich immer ruhig und spulte mein Wissen großzügig immer weiter runter. Ganz gleichmäßig und nur nicht hetzen. Das war übrigens das Wichtigste bei Referaten und wenn ein Knallkopp eine Frage hatte, neunmal kluge Superschlaue gab es immer, versuchte ich, die zu beantworten und notfalls zu improvisieren oder mir was Nettes für ihn auszudenken. Am besten was Unterhaltsames und das kam bei den Schülern und Lehrern gut an. Selbst wenn sie es besser wussten, was nicht immer der Fall war. Die lächelten einfach und das war dann okay, fand ich. Das hatte ich mir angewöhnt und als wir vor dem Löwendenkmal standen, hab ich eben alles Ro erzählt und der hat zugehört. Ich meine richtig zugehört, nicht mit einem halben Ohr und Chips unter dem Tisch gegessen oder Zettel rumgeschmissen, wie in der Schule, sondern zu.ge.hö.rt. Bis ich fertig war und dann hat er Uff und Yau gemacht oder was Ähnliches und ganz hübsch gelächelt, als hätte er alles verstanden. Richtig verstanden. Ich wusste natürlich nicht, ob das stimmte, ich war kein Hellseher.

Plötzlich sprang Ro auf den Sockel und suchte an dem Löwen nach etwas. „Was machst du da?" „Ich will hoch." „Aber ... das geht nicht" „Doch, hier", und er schwang sich an der Mähne nach oben, war aber kurz davor abzuspringen, „Chris, hilf mir!" Mir war unbegreiflich, wie er sich in der Lage überhaupt festhalten konnte. Er klebte vorne am Maul, da war nichts zu sehen, woran er sich festhielt. „Hilf mir!" „Warum denn jetzt? Wir müssen weiter. Wegen der Polizei, hast du alles vergessen?" „Ja, jetzt." Ich konnte mich nicht daran erinnern, dass irgendjemand auf den Löwen geklettert war. „ Hilf mir. Chris!" Ohne große Hoffnung sprang ich hoch und schubste ihn leicht an und er fand am oberen Ende der Mähne wirklich einen Halt und saß. Dann streckte er mir die Hand entgegen. „Komm runter." „Nein, hoch!" Er hielt mir seine Hand hin. Was konnte ich machen? Vielleicht sahen uns die, die vor uns da gewesen waren, zu und lachten. Außerdem, war ich nicht ein harter Hund und hatte er mir nicht das Leben gerettet? Ich griff seine Hand und kletterte mit Mühe auf den Rücken. Es war unglaublich. Wir ritten auf dem Löwen. Über uns der Himmel. Als Erste. Wir beiden aus der Hugo-Luther. Der eine behindert und ein Mörder und der andere vom Gymnasium geschmissen. Mit einer Mutter im Krankenhaus und einem toten Onkel, um den es ihm nicht eine Sekunde leidtat.

„Hier Chris", er hielt mir mit einem Mal einen rosa Filzstift hin. „Was soll ich damit?" „Kannst du meinen Namen schreiben?" „Hier auf den Löwen?" Ich zögerte kurz, „Okay, gib her." Ich nahm mir etwas Zeit und schrieb sorgfältig RO dahin. „So, wie findest du das?" „Gut. Und da steht Ro?" „Ja, da steht Ro." „Fehler." „Nein, kein Fehler. Das ist nicht schwer. Einfach nur ein R und ein O". Ich zeigte ihm, wie er die Buchstaben schreiben musste und drückte ihm den Stift in die Hand. „So, jetzt du. Er sah auf seine Hand, dann auf seinen Namen und versuchte es nachzuahmen, doch es ging nicht. „Scheiße. Kannst du ‚Scheiße' schreiben?" „Ob ich ... äh ... Ja, natürlich kann ich das. Aber ich will nicht." „Bitte Chris, bitte." „Nein, ich will nicht ‚Scheiße' schreiben. Aus Worten werden Taten, das hab ich dir erzählt, oder?" „Hm." Er wusste nicht mehr weiter, weil er das nicht begriff. „Wenn ich Cola sage, kommt Cola?" Ich schluckte, „Nein natürlich nicht. Das ist anders." „Wie?" „Das kann ich dir jetzt nicht erklären." „Dann kannst du ‚Scheiße' schreiben. Nur das. Bitte!"

Er hielt mir den Stift hin und dann schrieb ich oben auf den Löwen noch ‚Scheiße'. „Gut so?" Er nickte zufrieden. „Scheiße Ro."

Wir saßen einfach da und glotzten ewig und drei Tage von dem Bronze Löwen nach Osten, und ich begriff, was überhaupt passiert war. Ro, der ewig lächelnde Ro, hatte meinen Onkel umgebracht. Um mich zu retten. Ro, der nie ein böses Wort sagte, sondern immer lächelte. Ich sah ihn von hinten an, dann schaute ich an mir herunter. Ich hatte das Narben-T-Shirt an und eine Tüte mit Waffen lag da unten und ich saß wirklich auf dem Löwen von Heinrich dem Löwen. Ich, der beste Schüler der Grundschule. Dreimal hintereinander! Die große Hoffnung von Frau Pietsch, dass solche Jungs ihre Chance haben mussten. Ja, das hatten sie und ich hatte sie genutzt. Und wie! Besser ging's kaum. Einmal den verdammten Dominostein umgekippt und ein kaputtes Haus hinterlassen. Ich sah zu Ro und bemerkte, dass er total abgerissen aussah. Man sah uns sofort an, dass wir ausgerissen waren. Das schöne Gefühl, dort oben zu sitzen, war vorbei. „Komm Ro, wir müssen weg!" Ich sah, wie er nickte, und wir kletterten vorsichtig herunter.

19

„Chris, wo sind wir?", meinte Ro nach einiger Zeit, als wir übers Feld Richtung Lehndorf durch die Dunkelheit stolperten, und dass er Hunger hatte und gerne eine Bratwurst hätte und zum Rummel wollte er auch, echt zum Sterben. Von einem Moment auf den anderen hatte ich keine ruhige

Minute mehr zum Nachdenken, weil Ro plötzlich merkwürdige Sachen von mir wollte. Das mit dem Rummel begriff ich aber erst viel, viel später.

Wir aus dem Käfig waren irgendwann mal abends zu Fuß zum Rummel gelaufen, weil einer aus der Hugo-Luther da angeblich arbeitete, und den hofften wir zu treffen. Von uns aus ging direkt an der Tangente ein ganz kleiner ausgetretener Weg zum Rummel-Gelände Hamburger Straße. Das war irre weit gewesen und wir hatten das nur einmal gemacht und Ro mitgenommen. Mann, hatte der sich gefreut, als wir ihm endlich eine Bratwurst spendiert und dann eine Weile am Autoscooter und Breakdancer den Karussellen zuschauten. Den Typen haben wir nicht getroffen und Hagen wurde deshalb immer aggressiver. Das konnte jeder sehen. Der Typ hieß Rein und war früher Hagens bester Kumpel gewesen. Lange vor Ronnie. Rein war nur sein Spitzname und Raus hätte es ebenso gut oder sogar noch besser getroffen. Sein Spitzname stammte daher, dass er aus der Klinik in Königslutter rauskam, einige Tage bei seinen Eltern in der Hugo-Luther blieb und dann wieder reinging, weil er es dort besser aushielt, meinte Hagen. Dort verpflegten sie ihn besser. Rein bekam irre viele Tabletten, die ihn gut drauf brachten, aber nicht gewaltmäßig wie Alkohol, seine machten einen friedlich. Keine Ahnung, was das genau war, aber die hätten sie bei uns in der Straße gern mal tütenweise verteilen können. Bei uns gab es kein gutes Essen und die Betten wurden bei ihm nie gemacht. Das musste er selbst können, fanden seine Eltern, und es gab ewig und drei Tage Krach, bis er wieder in die Klinik kam, doch in der kurzen Zeit hatten alle in der Hugo-Luther Schiss vor ihm. Weil Rein irre war. Nicht wie die Alkis und Irren beim Kiosk, sondern ganz und gar. Mit Stimmen und Heulen. Manchmal dachte er, wir wären Doppelgänger und nicht echt. Eines Abends hatte der sich im Käfig einfach nackt ausgezogen und Kinder gejagt, weil er den echten helfen wollte und an eine Verschwörung glaubte. Wenn Ronnie und Hagen den nicht gemeinsam k.o. geschlagen hätten, wäre sicher was passiert. Na egal. Irgendwann hatte Hagen, weil er Rein nirgends fand, dann Leute angerempelt und Streit gesucht. Ich glaube heute, er wollte mit Rein und dem Rummel wegfahren und nie wieder in die Hugo-Luther zurückkommen. Hagen wollte für ewig Rummel haben. Geschafft hat er das nicht, aber sauer war er und hat unseren ganzen Haufen damit genervt. Auch Ronnie, der ihm bestimmt hundertmal gesagt hat, er solle endlich ruhig sein, doch selbst auf Ronnie wollte er nicht hören und dann ist er abgehauen und am nächsten Tag hatte er für drei Wochen ein blaues Auge und Flecken im Gesicht und später sind die Türkisch Power Boys in die Hugo-Luther gekommen, aber als sie die Rocker gesehen haben und begriffen, dass Hagen dazu gehörte, sind die schnell wieder weg.

Wir anderen waren einfach weiter rumgelaufen und haben uns auf die metallen Stufen vom Autoscooter gesetzt. Hinter uns lief Musik, es war schön. All die Lichter, der Geruch, die hübschen Mädchen, alles bewegte sich, lachte und roch wunderbar nach süßen Mandeln. Davon hattest du auch was, wenn du kein Geld hattest. Da gab es für uns richtig was zu sehen, aber ich konnte Hagen gut verstehen. Dass er weg wollte, mein ich. Nun, vielleicht dachte Ro, wir würden da wieder hingehen. Ich versuchte, es ihm langsam zu erklären, aber ich hab's an seinen Augen gesehen, dass er das nicht begriff und Angst bekam. Ich versuchte, in der Dunkelheit etwas zu erkennen, aber das war nicht einfach. Ich wusste nicht, woran ich mich zu orientieren hatte. Mitten in der Nacht, zwischen Ölper und Lehndorf, also richtig in der Pampa. Dass Ro dann meine Hand nahm und sich immer umblickte und zog, machte die Sache für mich nicht besser. Mann, das machte mich zum Sterben traurig, wenn Ro Angst bekam. Er konnte das nicht einordnen.

Ich versuchte, ihn zu beruhigen und erzählte eine von den Rittergeschichten aus dem Buch, das er gerne mochte, und da wurde er ruhig. Solche Momente hatte er, aber da ich ihn schon lange kannte und er mir vertraute, wusste ich, was ich tun konnte. Ich erzählte einfach immer weiter Ritter – Reiten – Sonst – Wohin, keine Ahnung mehr wohin oder weshalb, und da erlebten die halt Abenteuergeschichten und dazu machte ich im Mondlicht noch Döneken. Das sind lustige Gesichter, die hat Ro geliebt. Dass er dabei meine Hand schwitzig drückte, war mir peinlich, aber es war niemand zu sehen und deshalb ging das dann auch. Hauptsache es sah uns keiner, dann ging das.

Was aber überhaupt nicht ging, war, dass ich nicht wusste, wo die Hütte stand und das wir in den Wald reingehen mussten. Ich glaubte nicht daran, aber einen anderen Plan hatte ich Genie natürlich nicht und deshalb gingen wir weiter Richtung Wald. Ich schaute mich um. Wie weit nach unten würde das alles gehen? Ich konnte dort nicht tun, als wäre ich hart. Vielleicht wäre das am Tage gegangen, aber würdet ihr mitten in der Nacht in einen dunklen Wald gehen? Ohne Licht? Also ich nicht und selbst wenn ich ein richtig harter Hund sein würde, überlegte ich mir das sicher dreimal, ob es nicht anders gehen könnte. Vor wem ich Angst hatte, weiß ich heute nicht mehr. Sicher vor Verbrechern, Geistern und Soziopathen wie Rein. Aber Verbrecher waren wir selbst, Geister gab es nicht und Rein war in Königslutter. Ich riss mich zusammen. In dem Moment fiel mir zum Sterben nichts anderes ein, außer uns dumpf weiterzuziehen, von Rittern zu erzählen und mir die Hand von Ro ordentlich nass drücken zu lassen, als ich was bemerkte.

„Hey, warte mal. ‛Guck mal, was da ist.“ Er sah sich um und bemerkte die zwei hellen Flecken auf seinen Ärmeln.

„Was ist das?" Ich zuckte mit den Schultern. „Glühwürmchen?" „Was ist das?" Ich überlegte, doch schnell kamen mehr und setzten sich auf seine nackten Arme und Unterschenkel. Keine Ahnung, vielleicht kam das von Hagens Jägi, den Ro wie Sau ausschwitzte. „Was ist das?", blieb er komischerweise ganz ruhig und sah an sich runter, wo sich auf seinen nackten Beinen immer mehr sammelten, als gäbe es etwas umsonst. Ro war ́ne Art Glühwürmchen-Kneipe geworden. „Was weiß denn ich? Frag sie. Es müssen Glühwürmchen sein." „Warum nicht zu dir?", sah er mich fragend an. Ich lächelte und suchte nach einer guten Erklärung, denn was ich nicht gebrauchen konnte, war ein ausflippender Ro mitten in der Nacht auf einem Feld in der Pampa. „Na, weil du High Voltage bist." „High Voltage?" Er blickte mich verunsichert an. „Bin ich das?" Ich trat einen Schritt zurück und nickte. „Na klar. Die Würmer lieben das." Es sah irre aus. Einfach nicht real. Seine Arme und Beine schienen zu leuchten, so viele waren in kurzer Zeit auf ihm gelandet und krabbelten rum. Die mussten sicher lange auf einen guten Schluck Jägi gewartet haben, dachte ich bei mir.

„Tut's weh?" Er schüttelte mit dem Kopf. „Nee." „Nee?" Ich sah ihn an, aber da war keine Angst. Im Gegenteil, er freute sich wie ein Kind, das etwas Neues entdeckt und untersucht. „Vielleicht kann ich fliegen?" Ich zuckte mit den Schultern. „Natürlich. Bestimmt bis zum Mond, du Horst", wollte ich sagen, aber ich meinte nur: „Probier's aus, Ro." Er bewegte die Arme. „Mann, dazu musst du doch laufen. Um Speed zu bekommen." „Natürlich." Langsam nahm er Anschwung und begann in die Dunkelheit zu laufen und dabei seine Arme zu schwenken und … dann sprang er plötzlich ab. „Hey, nicht so schnell." „Jaha!" Ich höre ihn noch heute, wie er im Dunkel vor Freude und Glück schrie und lachte … und verschwand. Er war weg, aber noch heute wach ich manchmal auf und denke an seinen letzten Ruf auf dem Feld. „Jaha!" Ganz reine Freude war das, aber das hab ich viel später begriffen. Etwas Ähnliches hab ich nämlich nie wieder gehört. Das Problem in dem Moment war nur – er kam nicht wieder.

„Ro?" Ich sah mich fragend in der Dunkelheit auf dem Feld um. „Ro?" Langsam ging ich in seine Richtung, doch nichts. Er blieb verschwunden. „Verdammt, verscheißer mich jetzt nicht. Komm raus, Ro. Bitte!", brüllte ich über die Felder. Nix. Nur Stille, typisch Pampa-Stille, und über mir der Himmel mit den Sternen, die durcheinander funkelten. Wie konnte er mich allein lassen? „Komm raus … oder ich geh ohne dich." Ich sah mich unsicher um, doch in der Dunkelheit war nichts zu erkennen und sicher hatte ich in dem Moment mehr Angst als er. „Na gut, du … du Idiot. Dann gehe ich halt allein. Das hast du eben davon." Ich begann langsam über das Feld zu stolpern. Immer wieder blickte ich mich um, aber die nächste halbe

Stunde blieb Ro verschwunden und ich begann mir Gedanken zu machen. Wenn ihm etwas passiert wäre? Wenn er wegen mir dort im Nichts der Dunkelheit umgeknickt und allein auf dem schwarzen Feld liegen würde? War ich gut für ihn?

Erst kurz vor dem Kanzlerfeld kam er zurück. „Halt Chris, halt!" Ich sah mich um und bemerkte eine dunkle Gestalt auf mich zurasen und fing ihn auf. Es war Ro, er war glücklich, glücklich, wie ich ihn noch nie gesehen hatte. „Wo warst du, zum Henker?" „Das weißt du. Ich bin geflogen. High Voltage, Chris." „Was?" „Geflogen." „Ach, hör auf." „Doch." Er sah mich erstaunt an. „Na gut, wenn du meinst. Und wo genau?" Atemlos zeigte er nach oben. „Da war ich. Da ganz, ganz oben. Mit den Glühwürmchen." Ich sah in den tief dunkelblauen Himmel, der nach Tintenwasser aussah. „Und was war da?" Er sah mich zögerlich an. „Nichts. Da war nichts."

20

Wir liefen eine ganze Weile endlich in die richtige Richtung. Die dunkle Pampa lag für meinen Geschmack weit genug hinter uns, der richtige Wald war sehr weit entfernt und es gab wieder viele Häuser, mit Licht an und Menschen drinnen, als sich von hinten ein Auto näherte, uns überholte, plötzlich scharf wendete, auf uns zuraste und dann stehen blieb. Die Scheinwerfer knallten uns ins Gesicht und ich bekam 'nen Schlag, weil ich dachte, die Polizei in Zivil hätte uns geschnappt oder die reichen Jungs von meiner Schule wären es. Waren sie aber nicht. Wer aber ausstieg, ob ihr es glaubt oder nicht, war das Automädchen!

Ich weiß es noch ganz genau. Sie hatte an dem Abend ein kurzes weißes Kleid und schwarze Schuhe an und trug dazu lange, schmale Ohrringe, eine Strumpfhose mit Löchern, Lederjacke und ziemlich auffälliges Make-up. Dazu hatte sie einen ultrakurzen Haarschnitt, keine Dauerwelle, die seit Jahren rauswuchs. Sie sah nicht nur super aus, in meinen Augen glänzte sie. Ich dachte kurz, sie hätte uns verfolgt und ähnlich kompletten Unsinn. Sie würde alles wissen, als ob sie dabei gewesen wäre, da unten im Keller. Mann, schließlich hatte ich sie an dem Tag schon dreimal getroffen und das war ein starker Zufall, nicht wahr? Richtig unheimlich war mir das und ich spürte deutlich, dass ich im ersten Moment ein wenig Angst vor ihr hatte, als sie ausstieg und näher kam. Ich sah an mir herunter und steckte schnell das Narbenshirt unauffällig in die Hose und fuhr mir durch mein Haar. Es war mir peinlich, aber das Automädchen schien davon keine Notiz zu nehmen und wenn, ließ sie es sich nicht anmerken.

„Bist du verkleidet?", kam ich ihr aber zuvor. „Ja. Gut beobachtet." „Und als was?" „Als die Frau aus Blade Runner."
Das schien irgendwer zu sein, den man kennen musste. „Blade Runner? Was ist das?", fragte zum Glück Ro.
„Kennst du nicht?" Ich schüttelte für ihn den Kopf. „Ne,
woher denn?" „Das ist ein Film. Musst du dir angucken."
Ich notierte es mir und überlegte, ob das mit den Frauen
wohl immer so war. Na, dass sie einem sagten, was man zu
tun und zu lassen hatte. Wir unterhielten uns, während Ro
neben mir stand, und sie fragte mich nach drei Minuten,
was wir beide mit den Decken machen würden. Mitten in
der Nacht? Ich sah sie an. Na gut, das Gleiche hätte ich sie
auch fragen können, ich zuckte mit den Schultern und sagte es ihr. „Spazieren gehen?" „Ist das dein Ernst?!" „Warum
nicht?" „Um die Uhrzeit?" Ich zuckte mit den Schultern.
„Wir wissen nicht, wie wir zurückkommen." Das schien
sie zu schlucken. „Ich könnte euch fahren." Auf keinen
Fall, schoss es mir durch den Kopf. „Nein, danke." „Echt
nicht? Das ist ein weiter Weg bis zu euch." Ich sah mich um.
„Gibt's hier keinen Bus?" „Doch, natürlich." Wir lächelten.
„Aber nicht um die Uhrzeit." Verdammt, wieder daneben.
„Na gut." Ich wusste nicht, was ich sagen sollte. „Dann gehen wir jetzt weiter. Bis dann." „Ja, tschüss" Wir beide gingen abrupt los und ließen sie stehen. „Ja aber zu euch geht
es da lang", rief sie uns nach einer Weile laut hinterher und
zeigte Richtung Pampa. „Was?" „Es geht da lang!" Sie zeigte

an sich vorbei. „Boa, ne echt jetzt", zischte ich, während Ro erschöpft schnaubte. Wir drehten um und tippelten wieder in die andere Richtung. Erschöpft blieben wir bei ihr stehen. „Wenn ihr wollt, könnt ihr bei mir schlafen und morgen mit dem Bus nach Hause fahren. Oder ich rufe euch ein Taxi." Ich sah sie an und merkte, dass Ro es nicht weiter schaffte und ich auch nicht. „Gut, warum nicht? Wohnst du in der Gegend?" „Ja. Hier." Sie zeigte genau auf die Einfahrt, auf der wir standen und grinste. „Das ist wirklich ein Zufall." „Sag ich ja." Sie ging zurück zum Wagen, startete und fuhr knapp an uns vorbei, wobei sie mit der Hand winkte, ihr zu folgen. „Wo kommst du denn grad her?" Sie schaute aus dem Fenster zu uns hoch. „Was?" „Wo du grad herkommst?" „Von einem Monsterball." „Hä?" „War ein Witz", grinste sie breit. Humor hatte sie.

21

Langsam gingen wir hinter ihr die Treppe zu dem großen Haus hoch. Ihr Vater war ein hohes Tier an der PTB, in der Forschung, und an dem Wochenende nicht zu Hause, hatte sie erzählt. Sie hieß natürlich nicht Automädchen, so hatte ich sie nur immer genannt, sondern Nathalie, was ich einen echt starken Namen fand. Fast so gut wie Giselle, aber nur fast. Im Haus machte sie überall Licht und bemerkte meine ganzen Schrammen im Gesicht und die Würgemale an meinem Hals. Ich hatte nichts gespürt, doch sie wollte die gleich versorgen und den Arzt anrufen, Mann, war die aufgeregt. Das hab ich ihr ausgeredet und gemeint, wir wären weg, wenn sie das tun würde. Sie sagte dann nichts mehr, sondern machte in dem Wohnzimmer ein kleineres Licht an, stellte uns was zu essen und zu trinken auf einen schweren Holztisch und wir alle versuchten, wenig zu reden. Einfach, weil zum Sterben viel passiert war und wir schrecklich müde und von dem Haus ein wenig eingeschüchtert waren. Zudem war es mir peinlich, da in dem Zustand bei einem Mädchen aufzutauchen.

„Hey, was hat er denn? Ist euch doch was passiert?", meinte Nathalie und stieß mich vorsichtig an und wollte, dass wir von selbst damit anfingen, denn das verstand ein Blinder mit 'nem Krückstock, dass etwas passiert sein musste. Ich sah zu Ro, der weinte, und ich musste mich mit einem Mal tierisch zusammenreißen, dass ich nicht auch anfing. Weil er Rene umgebracht und ich Schiss hatte, dass meine Mutter vielleicht sterben könnte und ich und Ro dann ins Heim müssten und weil alles, alles, alles scheiße war. Ich schüttelte aber nur stumm den Kopf. „Nee, das hat er manchmal. Er hat", ich machte eine Handbewegung, „er ist behindert." Ich sah Nathalie zu, wie sie aufstand und zu Ro rüberging, um ihn zu trösten.

Das hatte ich noch nie gesehen, dass jemand Ro tröstete, und ich hätte sie in dem Moment gern gefragt, weil ich das Gefühl hatte, sie könnte was sagen. Sie war älter als wir und wirkte viel reifer, aber ich hab mich das nicht getraut. Ich hab nur gestaunt. Bei den Mädchen aus dem Kanzlerfeld war ich mir in der Schule immer unsicher gewesen, was und wie ich etwas sagen konnte und wie sie das aufnehmen würden. Ich sprach da nicht, wie ich zu Hause sprach, weil sie das für völlig dumm und dämlich gehalten hätten. Selbst im Unterricht hatte ich mich vorsichtig ausgedrückt, damit die nicht die Augen verdrehten oder sich über mich lustig machten.

Nathalie stand auf und ging raus. Als sie weg war, dachte ich leider noch mehr nach. Aber Scheiße, wir hatten Rene erschossen und war das Notwehr? Wenn man eine Waffe zum Treffen mitschleppte, war das doch keine Notwehr, hatte einer der Schillers gesagt, und wir hatten eine Waffe mitgeschleppt. Sogar zwei, wenn man das Küchenmesser mitzählte. Ich sah zu der Tüte auf diesem Riesenteppich, in der noch alles lag. Ro hatte aufgehört zu weinen und schaute mich an. Ich wusste, was er fragen wollte, zuckte aber mit den Schultern. „Frag mich nicht. Ich weiß nicht, was wir machen sollen. Am besten wir schmeißen die Waffen erst mal weg." „Die müssen zurück." „Meinst du das ernst?" Er nickte. „Wir dürfen nicht stehlen".

Da kam Nathalie mit einem starken Schnaps zurück. Nur, dass es gar kein Schnaps war, meinte sie, sondern was anderes. Keine Ahnung was. Sie hat's mir gesagt, aber ich hab es in dem Moment nicht verstanden. Was Teures, das sah jeder an der Flasche, die es nicht bei Aldi gab und richtig schwer war. Sie goss mir und Ro ein wenig mehr ein als nötig, aber das hat mich entspannt und ich habe überlegt, ob ich noch einen wollte, aber das habe ich mich nicht getraut zu fragen. Der war sicherlich sauteuer, und wenn wir die Flasche ausgetrunken hätten, hätte sie bestimmt Ärger bekommen, weil ihr Vater dachte, dass sie saufen würde. „Wollt ihr ein wenig Musik hören?" Ich zuckte mit den Schultern. „Was hast du denn?" Ich war super müde, aber nicht, dass sie mir aus Versehen noch mit Chris Norman gekommen wäre. „Lass dich überraschen." „Ist das 'ne Band?", fragte ich halb lustig nach. Sie sah mich erstaunt an und grinste dann. „Nein, das ist eine Überraschung." „Ja, okay, die kenn ich. Sind gut", gähnte ich und spürte die Umdrehungen näherkommen. Ich hasste es, betrunken zu sein, aber in dem Augenblick war es okay. Sie seufzte und legte den Arm auf die Platte und ich erinnere mich nur noch, dass plötzlich entspannte Musik mit Geigen und Klavier kam und dabei sind ich und Ro vor den tausend Büchern eingeschlafen.

22

Dass ich die Bücherwand erwähne, hat einen besonderen Zweck. Nicht, dass ich die an dem Abend gelesen hätte und auch nicht, weil ich bei uns als der langweiligste Bücherwurm bekannt gewesen wäre und euch daran erinnern wollte. Wenn ich ehrlich bin, hab ich mir die an dem Abend nicht mal angeschaut. Nein, ich erzähl das, weil die Bücher später halb wichtig geworden sind. Dass wir vor den vielen Büchern eingeschlafen sind, weiß ich noch deshalb ganz genau, weil irgendwann hat es ziemlich geklopft und das Erste, was ich gesehen habe, als ich davon aufgewacht bin, waren die Bücher, und weil ich Nathalies Stimme gehört habe, dachte ich kurz, ich wäre in der Bücherei eingeschlafen. Schön blöd, was, aber wenn ich dort fünf, sechs Stunden am Stück lernte, passierte das manchmal.

Ich hatte alles, was passiert war, verdrängt. Das war zum Sterben schön, befreiend und leicht, wie die Frau aus der Lux Werbung uns das auf dem Weg zu Rene versprochen hatte, die doofe Kuh. Klar, dass ich nicht gerne aufwachte, sondern tat, als würde ich weiterschlafen und die Augen wieder zudrückte und probierte, mich in den Schlaf zurück zu drücken, oder? Doch dann sah ich draußen auf der Veranda ein Huschen und Schatten und hab die Augen sicherheitshalber aufgemacht. „Ro? Ro, wach auf! Die Polizei ist da. Wir müssen weg." Doch Ro schlief tief und fest und ließ sich nicht davon abbringen. Nathalie war zur Tür gegangen und draußen stand nicht die Polizei, dafür aber Jungs von der Schule mit ihren öden College Jacken, die hörte ich jedenfalls rumflüstern, und als sie begriffen hatten, dass keine Eltern da waren, auch lauter argumentieren. Ob sie rein können oder nicht. Es stand eins zu eins. Nathalie wollte nicht, die Jungs wollten unbedingt. Ich schlich zum Flur und linste um die Ecke. Ich glaube, ich fluchte leise, dass wir nicht zu der Hütte im Wald gegangen waren, wie Hagen uns das eingebläut hatte. Zwei von denen kannte ich nämlich. Das waren die Älteren, die mir Hosenwasser gegeben hatten. Meine neuen, besten Freunde auf der Welt. Die Wichser. Nathalie schien die gut zu kennen. Sie hatten uns eingekreist. Wir saßen in der Falle.

Das hat sie mir alles erst später erklärt, dass sie, bevor sie uns getroffen hatte, mit denen auf einer Motto Party gewesen war. Dass die sie aber bedrängt hätten und nicht aufhören wollten. Das kannte ich nur zu gut. Von meiner Mutter. Die vor der Tür wollten nicht einsehen, dass sie störten, Nachbarn gab's nicht und ich hörte Rumgegröle, während Nathalie noch versuchte, mit denen zu diskutieren, was aber nicht richtig was brachte. „Claudius, ich hab dir gesagt, dass ich das nicht will. Ich mag es nicht, wenn mich einer bedrängt." „Ach komm, das war doch nur ein Spaß, nicht wahr?", fragte Claudius Superarsch die anderen lächelnd und die nickten, als hätten sie irgendwas begriffen und nur rein zufällig einen Satz Nervensägen verschluckt. „Na? Siehst du?" „Ja, ist gut. Aber jetzt geht nach Hause." „Komm Nathalie. Bitte. Wir sind wirklich lieb und trinken jetzt noch einen Grappa bei dir und wenn du dann immer noch willst, gehen wir. Du wolltest doch immer, dass wir kommen. Jetzt stell dich bitte nicht an." Und mit dem Wort wollte er an ihr vorbei und reinkommen, aber Nathalie stellte sich ihm wieder geschickt in den Weg und stieß ihn zurück. Doch Claudius gab nicht auf, sondern legte sich nur noch mehr ins Zeug und man konnte gut erkennen, dass er das oft gemacht hatte. Mädchen bequatscht, meine ich. Er hielt ein Nein nicht für ein Nein, sondern für eine Art verkapptes Ja. War auch klar. Der sah nicht schlecht aus, das begriff sogar ich in meinem Versteck. Fast zu gut sah der aus und natürlich hatte er diese irren, teuren Scheißsachen an und er war eben selbstsicher.

Das Problem dabei war, dass die alle betrunken waren und dachten, Nathalie würde Spaß machen. Die fanden sich zum Sterben toll und wahrscheinlich fanden sie das immer. Also dass sie unglaublich toll waren und weil sie das die ganze Zeit glaubten, waren sie es. Das hatte mit Selbstsicherheit zu tun und da kannte ich mich zufällig mit aus, weil ich die nicht hatte. „Ro!" Ich lief zurück zum Sofa und rüttelte an seinem Arm. „Ro, wach auf! Die Penner von meiner Schule sind hier." Ich musste ihn mehrmals rütteln, bevor er auch nur ein Auge öffnete. Dann lächelte er, als wäre nichts passiert. „Was Chris? Schnaps?" Als er mein Gesicht sah und der Lärm von der Tür zu uns rüber rasselte, richtete er sich auf. „Kein Schnaps?" Ich schüttelte den Kopf. „Polizei?" Ich schüttelte den Kopf und erklärte ihm die Situation. Sein Gesicht bekam einen hilflosen Ausdruck und er griff automatisch nach seiner Tüte, die vor ihm auf dem Boden lag. Vorsichtig blickte ich mich im Wohnzimmer um, um auch nach einer Waffe zu suchen. Ich probierte einige aus, nahm mir zuerst meine Weste und dann aus dem Kamin einen Schürhaken und sah, wie Ro seine uralte Pistole bereits mit einer Kugel lud. Es ging los. Ich sah ihn an, doch er nickte nur unsicher zur Verandatür. „Gespenster?" Ich schaute hin. „Nein. Lutscher."

Die Jungs an den großen Verandafenstern starrten uns von außen entgeistert an. Ich meine, wir starrten die sicher genauso blöde an, wie die uns, aber egal. Die überblickten das nicht und waren noch dazu betrunken. Mund auf, Glas vor den Augen, Bewegungen schief, und wenn man näher kam, roch es nach Ärger, Friedhof und Krankenhaus. Die Falle war zwar zu, aber wir würden uns verteidigen. Fuck, ich zuckte mit den Schultern, zog Ro hinter mir her und plötzlich standen wir im Flur. Das Licht war schwammig, ich konnte im ersten Augenblick nur Schatten erkennen. Eine Flasche fiel auf den Boden und zersplitterte. Die Jungs vor der Tür konnten es zuerst nicht fassen, dass ausgerechnet wir da standen. Wir Assis. Heimlich freute mich das natürlich, ist doch klar. Warum? Na, mitten in der Nacht. Bei der hübschesten Frau der Schule. Mit einem Freund und freiem Oberkörper. Dazu die Pistole. Was wolltest du mehr? Ich mit den Flecken im Gesicht und Hagens Narbenshirt an. Härter ging's in meiner Vorstellung kaum. „Hey, das ist der Typ, der uns heute in der Schule verprügelt hat", rief einer erstaunt.

„Nein, ihr Penner habt mich immer verprügelt. Obwohl ich euch nie was getan habe. Ich wollte doch nur was lernen, ihr, ihr … ihr Schwanzlutscher", brüllte ich wütend zurück und hoffte, sie durch meine Schimpfwörter beeindrucken zu können und meine Riesenangst zu unterdrücken. Die kam wie ein Sattelschlepper auf der Autobahn angerast und wollte mich abdrängen, egal wie cool ich mich gab. Aber das ließ die Situation nicht zu, außerdem hatte ich Ro bei mir. „Der Typ hat uns angegriffen", gab einer müde zurück, die andern brummten was. Das stimmte natürlich nicht, weil Hagen und Ronnie die verprügelt hatten, aber für solche Feinheiten hatte in dem Augenblick keiner Verständnis. „Ich glaube, der Assi braucht mal neue Klamotten." „Ja genau und eine auf die Fresse", wurden die an der Tür plötzlich mutiger, als sie begriffen, dass wir allein waren. „Warum könnt ihr Wichser euch nur nicht über eure Sachen freuen und mich in Ruhe lassen? He? Ihr habt doch alles. Außerdem bin ich viel jünger als ihr Penner." Dass das Beschimpfen nicht unbedingt die allerbeste Strategie war, hab ich daran gemerkt, dass die immer wütender und stumpfer wurden – und ich auch. Wegen denen hatte ich ja meine Mutter bestohlen und wegen denen lag sie im Krankenhaus. Ein Mensch war tot, wir auf der Flucht, nur weil sie mich vom ersten Tag an nicht in Ruhe gelassen haben.

Noch mal zum Mitschreiben: Ich konnte das nicht einfach hinnehmen wie Hagen und Ronnie. Ich hatte jeden Tag mit denen zu tun und sie hatten mir von Anfang an eindeutig zu verstehen gegeben, dass sie mich nicht wollten und dass ich niemals dazugehören würde. Natürlich war ich nicht wie sie, ich gab einen Fick drauf, aber konnten sie mich nicht trotzdem in Ruhe lassen? Sie hatten doch alles. Warum hatten sie mich vom ersten Tag an angegriffen? Ich nestelte eine Zigarette aus meiner Hosentasche, was ungefähr hundert Jahre dauerte, weil die alle am Stück rauskamen und zündete sie mir mit zittriger Hand an und weil ich dann nicht wusste, was ich sagen konnte, meinte ich gleich noch einmal Schwanzlutscher und dreimal Arschlöcher zu ihnen und sah dann zu Nathalie rüber.

Wenn du betrunken bist, dachte ich immer, machst du dir deine eigene Logik und die war immer falsch. Die an der Tür zogen zu meiner Schimpfkanonade blöde Gesichter und wenn alles nicht saubeschissen gewesen wäre, hätten wir in dem Augenblick vielleicht gelacht, aber es blieb gefährlich und die wollten sich mit Gewalt an Nathalie vorbeidrängeln und auf uns losstürmen, als Ro einfach seinen dünnen Arm hob – und schoss. Dieses Mal musste er aber mehr Pulver genommen haben, denn er traf genau. Mitten in den Türrahmen. Ohne was zu sagen und der Knall war lauter als die davor.

Ich weiß noch, die selbst gemachte Silvesterkugel hämmerte einiges an Holz weg und die mutigen Helden an der Tür kriegten auf einmal eine riesen Angst und bückten sich, weil das Holz im Flur umherhämmerte. Mann, der Schuss zeigte ihnen, dass wir es ernster meinten als sie. Viel ernster, weil es bei uns um etwas ging – und wir Angst hatten. Die wurden nüchtern, auch der Schöne, einfach, weil sie spürten, dass da was lauerte, was sie an dem netten Abend lieber nicht treffen wollten, und da sprang die Logik wieder ein und sie bekamen Angst. Nur ein Supertrottel von denen schien das nicht zu begreifen, sondern setzte von hinten an, zu uns weiterzulaufen, da kickte ihm Nathalie, als er bei ihr vorbeikam, mit einem High Kick ins Gesicht, er fiel um und blieb liegen.

Alle starrten sie an. „Was macht ihr denn?", schrie sie stattdessen uns an. „Seid ihr denn völlig meschugge?", meinte sie, auch wenn ich das alles nicht verstand, weil Ros Maschine direkt neben meinem Ohr losgegangen war und ich deshalb ein ziemliches Fiepen und ordentliche Störgeräusche im Ohr hatte. Aber ich begriff, dass sie wütend auf uns war und schaute zu Ro, der die Türkenbüchse schon wieder durchlud. Ich hatte das ja schon gesehen, aber Nathalie kam das Rumgeballere verrückt vor. Auch weil das eine alte umgebaute Pistole war und man Ro ansah, dass er nicht die hellste Leuchte im Lampenarsenal war, sondern gestört. Selbst, wenn er lächelte. Mir und allen anderen kam hingegen ihr Tritt ziemlich ungewöhnlich vor, auch wenn ich Anja Schrobinski schon in Vollaktion gesehen hatte. Aus dem Grund sah ich Nathalie ins Gesicht. Ganz ruhig und klar, selbst wenn ich mich überhaupt nicht klar und ruhig fühlte. Ganz im Gegenteil. Alles war total unklar und zum Sterben was unruhig.

An Nathalies Stelle hätte ich sicher auch geschrien. Woher sollte sie wissen, dass wir nicht noch schlimmer waren als die draußen? Sie wurde dann komischerweise wieder ruhiger, einfach weil sie wusste, dass sie in der Situation die Nerven behalten musste. Da war sie uns ein paar Lichtjahre voraus, denke ich noch heut bei mir. „Okay Ro. Nicht mehr, ja? Ja?“ Er sah zu mir rüber und ich nickte. Als wir gemeinsam zur Tür blickten, waren alle weg.

„Verdammt, nach hinten“, rief ich heiser, weil sie dort auch reinkommen konnten. Ich wusste nicht richtig, was das sollte, ich war einfach tierisch aufgeregt. Merkwürdig elektrisiert. Voll auf Adrenalin, angespannt wie nach einer guten Schlägerei, nur besser, weil wir gewonnen hatten. Weil wir es denen gezeigt hatten. Dass wir uns nichts gefallen ließen. Wir liefen zur Veranda und sahen sie noch, wie sie in ihre Autos sprangen und ich bekam einen Stich ins Herz, tief rein, und das Ding drehte sich feste und schrammelte am Herz rum, und das tat weh. Verdammt. Ihr könnt es euch nicht vorstellen, so weh tat mir das und ich war überhaupt hilflos. Das gab es nicht. Ich presste mein Gesicht gegen die Scheibe, um besser sehen zu können, weil ich nicht glauben wollte, was draußen im Dunkeln ablief.

Zwei Wagen standen einsam im hellen Mondlicht und schienen sich zu unterhalten. Ein neuer Golf und ein schwarzer Sportwagen. Beide gut beleuchtet und wenn ich es nicht besser gewusst hätte, saß hinten in dem einen Wagen Giselle.

23

Wir drei hockten eine ganze Weile auf dem Sofa und tranken direkt aus der schweren Flasche Schnaps, der aber kein Schnaps war, sondern Grappa, wie Nathalie meinte. Irgendwas Italienisches und den trank sie am liebsten, denn sie haute sich gleich mal drei tiefe Schlucke davon rein und Ro auch, selbst wenn ich ein wenig komisch guckte. Dann wurde die Stimmung bei den beiden gleich besser, während ich an Giselle dachte wie ein Trinker auf Entgiftung. Nathalie blickte uns beide lustig an, ganz angetrunken, wenn ihr wisst, was ich meine, und ich probierte, zurück zu lächeln. Ja, wie eine Mischung aus Kumpel und Lehrerin lächelte sie, besser kann ich das heute nicht mehr beschreiben. Aber heftiger war, was dann kam. Kennt ihr das, wenn ihr etwas anseht und obwohl ihr keine Ahnung habt, spürt ihr automatisch, dass es einen besonderen Wert hat? Nein? Na, auch egal. So war das bei Nathalie, als sie mich anlächelte. Das hatte ich auch vor dem Rektorenzimmer bei ihr gespürt und in dem Moment kam es wieder. Nur stärker. Wie angeknipst. Ich dachte später: Chris, du warst bestimmt mordsgeschockt, enttäuscht wegen Giselle, betrunken wegen des Grappas und aufgeregt wegen des Mordes, alles zusammen, aber wieso, ja, wieso hatte ich das Nathalie-Gefühl schon vorher in der Schule gehabt?

Genauso war das mit Nathalie und das kam nicht, weil sie ein großes Haus und ein Überauto oder auch mächtig Ärger mit den Typen von der Schule hatte und die locker umlegen konnte. Das ging tiefer. Richtig in mich rein ging das, wenn ich sie ansah und ihr zuhörte. Das lag an ihrem Charakter, ihrem Lächeln, ihrer Figur, ihren schönen Brüsten und daran, dass sie uns zuhörte, aber das habe ich erst später verstanden, weil ich immer dachte, die Polizei würde gleich reinstürmen. Bei dem Lärm, den wir veranstaltet hatten? Ständig bin ich zum Fenster und hab gelinst, aber sie kam nicht. Als ich viel später endlich Zeit hatte über alles, was passiert ist, richtig nachzudenken, nicht nur reagierte und mir viele Fragen einfielen, begriff ich: Nathalie war klug und sie hat uns verstanden. Auch wenn wir sie an dem Abend anlogen und nichts sagten, begriff sie das. Das nicht Ausgesprochene. Das Unsagbare. Auch wenn wir nicht zu ihr gehörten und keine eigenen Zimmer und tolle Klamotten hatten, spürten wir, dass sie uns vertraute und uns mochte. Ich sah das bei Ro, weil er ihren Blick suchte und Ro vertraute echt keinem, außer mir vielleicht. Der brauchte Jahre, bis er sich jemandem näherte, aber bei Nathalie war er gleich da und wenn sie ihn an dem Abend gern mit der Hand gefüttert hätte, hätte er mitgemacht.

„Und jetzt erzählt doch mal, Chris", lehnte sie sich auf dem Sofa weit zurück. „Wieso habt ihr die Waffe dabei und warum die Flecken am Hals?" „Hm, die Waffe haben wir im Container vom Theater gefunden, und als wir sie ausprobiert haben, hab ich mich verletzt." Sie sah mich durchdringender an. Ich hatte bei uns im Käfig gehört, dass, wenn man etwas von einem Mord mitbekam und das nicht der Polizei sagte, straffällig wäre und ich wollte bestimmt nicht, dass Nathalie wegen uns Ärger bekam. „Und dein Gesicht?", forschte sie nach. Ich sah zu Ro rüber. „Da bin ich hingefallen." „Hm, okay. Coole Geschichte." Sie sah, dass es keinen Zweck hatte, aber auch, dass wir nicht gefährlich waren, sondern einzig und allein zwei Jungs, die von zu Hause weggelaufen waren.

„Oh, schaut mal. Der schöne Mond." Sie richtete sich auf. „Ich glaub, der nimmt zu." Das Licht in dem großen Zimmer war aus, der Mond schien durch die breiten Fenster rein und ich dachte an Giselle. Wie sie im Mondschein in dem Schlitten gesessen hatte. Mit einem Kleid. Ich ließ den Kopf hängen. Sie hat echt schön, aber auch müde ausgesehen. Als wollte sie gleich ins Bett. Bei dem Gedanken tat mir mein Herz richtig weh. Das war sicher diese Seite der Liebe, von der dieser Schmalzkopf Chris Norman immer gesungen hatte. Scheiße, würde der mir für immer hinterherlaufen? Daran dachte ich und dann nur noch an Giselle, ohne das Auto, und an Giselle und den Mond und dann nur noch an den Mond und dann war es endlich etwas besser. „Du hast recht." Ich stand auf und trabte über den Teppich zur Verandatür.

„Wisst ihr", begann Nathalie, „ich hab schon mal Schüsse gehört." Sie sah uns an. „Wollt ihr es hören? Es war nachts und ich war mit meinem Vater in Äthiopien, dort herrschte Bürgerkrieg und eines Tages hat die eine Gruppe eine andere Gruppe überfallen. Direkt neben uns. Stundenlang." Ich sah sie an, doch da kam nichts weiter. Das war's. Das war ihre Geschichte. Ich blickte zu Ro, der sicher nicht wusste, was ein Bürgerkrieg war oder wo Äthiopien lag und sicher trotzdem gern mehr gehört hätte, aber ich begriff, was sie meinte. „Weißt du, Nathalie, wir wollen dich da nicht mit reinziehen. Du ..." Ich schluckte und überlegte, ob ich ihr das erzählen wollte, aber das wollte ich, und weil ich Angst bekam, das sonst niemandem mehr erzählen zu können, begann ich bei meinem Diebstahl, dann mit dem Rausschmiss, das wusste sie ja, Giselle ließ ich erst einmal aus. Als ich bei meiner Erzählung zu meiner Mutter kam, wie ich in ihr dunkles Zimmer gekommen war, da sah ich, wie es in ihr arbeitete und ich entschloss mich, ihr nicht die Wahrheit zu sagen, sondern nur, dass wir weggelaufen waren, weil meine Mutter wegen dem Diebstahl sauer auf mich war und ich Angst hätte vor meinem Onkel.

Am Ende war sie, obwohl ich nur die Hälfte erzählt hatte, doch geschockt und schwieg lange. „Warst du noch nicht bei Frau Pietsch?", fand sie in der Stille die Sprache wieder und ich dachte, dass sie mich sicher viel lieber gefragt hätte, warum ich meine Mutter bestohlen hatte, dass sie mich aber nicht demütigen wollte. Ich schüttelte den Kopf. „Und warum nicht?" Ich zuckte mit den Schultern. „Und er? Was ist mit ihm? Hat er was damit zu tun?" „Ro? Er hilft mir." „Kann er das denn?" Ich blickte sie überrascht an. Genau das hatte ich mich auf dem Feld auch gefragt. Ich nannte ihn Freund, aber war ich das? Tat ich ihm gut, mal abseits von der ganzen Leserei und dass er bei mir schlafen konnte, wenn es kalt war. „Wer sonst?" „Ja, wer sonst." Sie stand auf und überlegte eine Weile im Stehen, ohne dass sie dabei endbescheuert aussah, wie in schlechten Filmen, wo einer sich den Finger vor den Mund legte und dabei immer furchtbar angestrengt aussah.

„Kommt mal mit", meinte sie plötzlich und ging einfach los, dass wir beide uns beeilen mussten, um ihr zu folgen. Wir gingen gemeinsam in den Flur, die Treppe nach oben und machten mit ihr mitten in der Nacht eine exklusive Führung durch das Haus. Nathalie sah dabei etwas fröhlicher aus. „Ihr könnt heute Nacht gern hier schlafen. Morgen überlegen wir zusammen, was wir machen, ja? Das mit deiner Mutter kriegen wir bestimmt wieder hin, Chris." Ich nickte müde und dachte mir meinen Teil, während wir das Haus abliefen. Die Küche, dann das riesige Wohnzimmer. Oben gab es ihr Zimmer, zwei Schlafzimmer, zwei andere ungenutzte Zimmer und ein Bad. Ein Bad wie das hatte ich noch nie gesehen. Da standen eine Badewanne und eine extra Dusche. Zur Auswahl. „Ach, wisst ihr was, wartet mal kurz hier." Nathalie schien etwas Wichtiges eingefallen zu sein, denn sie ging schnell in den dunklen Raum gegenüber und kramte eine Zeit lang rum.

Ro schaute mich fragend an und machte in einer Tour den Wasserhahn an und aus. Richtig behindert. Ich zuckte nur mit den Schultern und öffnete heimlich den Badezimmerschrank und musterte die Tablettenverpackungen. Wir hörten sie im Dunkeln und sahen einen kleinen Lichtschein, als würde sie mit einer Taschenlampe was suchen, während ich die kühlen Fußbodenkacheln an meinen nackten Füßen spürte. Kennt ihr Kacheln an den Füßen? Ich kannte das nicht. Bei uns lag fleckiger, klebriger Linoleum auf dem Boden der Außentoilette. Der lag überall. „Habt ihr da kein Licht?", rief ich, als es länger dauerte. „Nein, der Elektriker ist gestorben." „Gestorben?" „Ja. Hat 'nen Schlag bekommen." Ich grinste. „Ich kann das machen!", rief Ro durch das Zimmer. „Auf keinen Fall!" zischte ich. „Ja, danke", kam Nathalie endlich mit einem Karton zufrieden zurück und pustete den Staub weg. „Hier Chris, das ist der Neuste, glaub ich. Den hat mein Vater als Gastgeschenk bekommen, aber er mag das nicht. Ist man zu sehr abgekapselt." „Ja, das ist das Alter. Die begreifen uns nicht", meinte ich, als ich sah, was sie mir gab, und probierte, so normal wie möglich zu klingen. Kein Zweifel, das war wirklich ein nagelneuer Walkman von Sony.

24

Die Straße, in der ich wohnte, roch immer schlecht. Das war ein Grund, warum es bei uns billig war. Den Rest erledigten die Fabriken und der Gestank, der da herkam. Wer jemals in einer Brauerei, Druckerei oder Wäscherei gearbeitet hat, weiß, wovon ich rede. Als ich am nächsten Morgen in einem der Schlafzimmer erwachte und neben mir Ro tief ins Kissen eingesunken sah, wusste ich deshalb nicht, wo wir waren. Ich weiß, das schreibt jeder, aber bei mir war es wirklich so und auch Ro schien auf einem anderen Planeten gewesen zu sein. Zumindest sah er danach aus, als er aufwachte. Ganz frisch und hell. In dem Zimmer war alles anders. Es war sauber, es gab Platz und es duftete nach grünen Bäumen, gewaschener Wäsche und schöner frischer Luft. Gesund irgendwie. Es gab so viel Platz, dass man einen Fußballkäfig hätte bauen können und als ich aufsprang und zum Fenster jagte, konnte ich nach hundert, zweihundert Metern den Wald sehen. Ein dichter, dunkler Mischwald war das. Keine Forstung, wo ein Baum dem anderen gleicht und alles genormt war. Nein, da stand alles durcheinander und bildete ein großartiges, harmonisches Geflecht von grünbraunen Tönen. Dicht, aber sanft, und davor stand, ob ihr es glaubt oder nicht, ist mir egal, davor standen Rehe und fraßen an Nathalies Rasen rum. Irre oder? Rehe auf dem Rasen.

Nun, ich hätte sterben können, so schön war das, auch weil alles rein war und ja vielleicht heulte ich wieder. Na, weil doch die Rehe ihre kleinen Rehe dabeihatten, die Kitze, und die fraßen das feine Waldgras, als ob es keinen Mord, keinen toten Rene und meine halb totgeschlagene Mutter nicht geben würde. Verdammt, was kriegte ich für einen Schrecken, während ich leise vor mich hin plärrte.

Beim Blick aus dem Fenster fiel mir nämlich ein, dass ich zum Krankenhaus musste und gleichzeitig bemerkte ich, dass ich genau da nicht hinwollte. Ich liebte meine Mutter, aber ich wollte nicht raus. Und schon gar nicht dahin, wo die Kranken und Toten lagen. Ich wusste nicht, was ich tun würde, wenn sie im Krankenhaus sagen würden: Chris, deine Mutter ist tot. Richtig tot. Ich hatte solche Angst, traurig zu werden, dass ich sofort traurig wurde.

Irgendwann ging meine Heulerei vorbei und Ro und ich zogen uns schnell an und stürmten barfuß die Treppe nach unten. „Halt, warte mal. Nicht so schnell. Sonst denkt Nathalie noch, wir seien richtige Assis“, hielt ich ihn fest und er nickte. „Ja, das sind wir, Chris.“ Wir gingen, auch wegen der Rehe, ganz, ganz vorsichtig auf die Veranda zu und waren ziemlich überrascht. Der Tisch auf der Veranda war nämlich gedeckt. Richtig mit allem Drumherum. Die Frau aus der Lux Werbung hätte auf ihrer beknackten Yacht Stielaugen gemacht. Besser ging's nicht. Weiße Decke, Geschirr, sogar bunte Waldblumen standen in der Vase. Wow, jetzt geht's rund, sagte der Papagei und sprang in den Ventilator. Dazu Brot und Brötchen, Marmelade, Honig, Ei und Nutella und Orangensaft. In einiger Entfernung die Rehe am Glotzen. Nathalie musste das gemacht haben, dachte ich, und ging schnell pinkeln und nachdenken in einem extra Klo unter der Treppe und dann nach einer Weile schaute ich vorsichtig nach draußen und bekam noch mal einen Stich. Weil ich Ros alte Badelatschen und seine restlichen Klamotten an der Tür neben dem Müll liegen sah. Die beiden standen auf der Terrasse und Ro half Nathalie die Rehe füttern und dabei kicherte er fröhlich, wie ich es bei ihm nie erlebt hatte. Er hatte ein neues Hemd an und der Rest schien auch nigelnagelneu. Wir hatten beide nichts dabeigehabt, außer vielleicht Hagens tollen Kotelettdecken.

Als Nathalie mich bemerkte, grinste sie und zwinkerte mich an. „Hier, du kannst einen haben." Sie hielt mir ein Hemd hin. Ro trug bereits einen etwas zu großen, aber sehr guten Sommeranzug, der an den Beinen umgekrempelt war. Einen hellblauen, leicht karierten, mit einem weißen Hemd, das ihm zu groß war, in dem er aber ganz schön hell aussah. Wie ein behinderter, reicher alter Mann sah er aus. Dazu saß auf seinem Kopf ein etwas altmodischer Sonnenhut und neue Lederschuhe trug er auch. Ich winkte ab, das war sicher nicht mein Stil. Nathalie kam glücklich auf mich zu und ich spürte wieder, was für ein ungewöhnliches Mädchen sie war. „Und wie findest du ihn?", flüsterte sie. „Das alles ist aus Südfrankreich. Von meinem Vater. Wenn du möchtest, kannst du was haben. Wir haben genug.

Wir sind einmal im Jahr in unserem Haus und der Schneider kommt." „Nein. Ich hab meine Weste."

„Die steht dir auch echt gut." Ich sah sie erstaunt an. Wollte sie mich verarschen? „Nein. War ein Witz. Sieht wirklich scheiße aus." Ich begriff, Nathalie meinte das ernst. Ich sah erleichtert zu Ro. Für mich war alles überirdisch schön und um wie viel glücklicher musste ihn das machen? Er musste sich sein Zimmer normalerweise mit fünf Geschwistern teilen, die ihn noch fertigmachten. Das war Armut, die sich keiner vorstellen wollte. Hier hingegen war alles sauber, während nur einige Minuten von hier … ich gestern Morgen aufgestanden war, um meiner Mutter vierzig Mark für einen Scheißwalkmann zu klauen. Einen, den mir Nathalie am Abend geschenkt hatte. Wie idiotisch das Leben war! Ich fühlte, wie meine Beine bei dem Gedanken nachgaben und weich wurden. Ich konnte den Mist einfach nicht zusammenbringen – es ging nicht. Warum war die Welt nur gleichzeitig dermaßen beschissen und wunderschön? Ich wusste es nicht und das war ein Problem. Solche Fragen konntest du dir den lieben langen Tag stellen, bist du ganz kirre und ein bescheuerter Philosoph wurdest, konntest du dir die stellen, aber niemand würde sie dir beantworten. Außer du selbst – und du selbst kommst nicht drauf.

Zum Glück schickte mich Nathalie, als sie merkte, dass ich traurig wurde und wie sehr mich das alles mitnahm, zum Kühlschrank, um mehr Orangensaft zu holen. Ro trank die Flaschen literweise und ich hatte das Gefühl, dass ihm schlecht werden würde, wenn er am Ende des Frühstücks den ganzen Kasten ausgetrunken hätte. Als ich vor dem Ding stand, wusste ich aber nicht, wo ich den überhaupt aufmachen musste, kein Witz. Das war ein Riesenkühlschrank und wie voll der war. Bis oben hin, feinste Sachen. Da war alles drin und draußen standen Notizen dran und ich überlegte kurz, ob wir früher an unserem alten auch welche gehabt hatten? Aber was hätte da stehen sollen? Fünf Bier für die Männer vom Sägewerk? Einer geht noch rein oder Noch 'n Spruch Kieferbruch? Nein, schlimmer: NDR3, der Sender für den Norden? Ich schüttelte den Kopf und wollte nicht mehr an mein Zuhause denken, sondern nur ans Jetzt und Hier und an was Schönes und da ging ich einfach zu Nathalie und Ro nach draußen.

25

Wir aßen auf der Terrasse zur Waldseite und weil das Haus groß war, lag es ein wenig einsam. Es war leise und die Spacken, die wahrscheinlich immer noch dachten, sie hätten nur geträumt, kamen zum Glück auch nicht wieder. Ro und ich schwiegen die meiste Zeit und stopften alles in uns hinein, was ging, dafür erzählte Nathalie aber umso mehr. Ich glaubte, sie war heilfroh, nach der nächtlichen Spackenattacke nicht allein sein zu müssen und jemanden zum Reden zu haben, und wir waren froh, dass wir bei ihr sein durften, auch wenn mich schon wieder diese eine Frage umtrieb. Wir konnten nicht bei ihr bleiben, wir mussten weiter zur Hütte. Dort würde Ronnie zu uns kommen. Er würde uns helfen können.

Nathalie erzählte uns Geschichten von ihrem Vater. Wie er ohne Schuhe einen Vortrag vor der UNO gehalten hatte und wie er einem Duke of Sonstwo erklärt hatte, dass sein Reichtum von Wallfischkotze stammen würde und so ein spannendes Zeug und dabei lachte sie immer fröhlich. Sie erzählte auch aufgeregt von ihrer Mutter, die anscheinend genauso lustig zu sein schien wie ihr Vater, sich aber mit einem anderen Typen irgendwo auf der Welt rumtrieb und Wale und andere Tiere rettete und genau wie ihr Vater selten zu Hause war. Ich hatte das schon die ganze Zeit gefühlt. Na, dass ihre Eltern Ökos waren. Mit Müsli und selbst gestrickten Pullovern, echt zum Sterben. Nicht dass Nathalie etwa ökomäßig aussah, oder so, im Gegenteil, sie sah gut aus, aber ich hatte ein Poster mit einem sterbenden Soldaten in einem der oberen Zimmer gesehen, und da stand Why? darunter. Bei solchen Postern sagten wir immer: Why not, was nur halb komisch war. Aber das war für uns typisches öko – und friedensbewegtes Zeug, will ich damit sagen. Echter Hippie-Mist, den keiner ertrug. Nur war das bei ihr okay, dachte ich. Da, in dem riesigen Haus. Ich kannte nur sonst niemanden, der friedlich war, bis auf Frau Pietsch vielleicht. Die hatte das aber richtig hart. Wie eine Krankheit hatte die sich um alles und jeden gekümmert, auch um mich.

Ja, als ich in der Vierten zum Zahnarzt musste, hatte sie mich begleitet und lautstark dafür gesorgt, dass ich einen Stift bekam. Das ist ein Zahn, der reingedreht wird. Eigentlich hätte ich nämlich schon mit acht ein Loch im Gebiss gehabt, weil der richtige Zahn rausgefallen war. Mann, war die später sauer, als ich ihr erzählt habe, dass ich mir nie die Zähne putzen würde. Aber nicht auf mich war sie sauer, sondern auf meine Mutter. Obwohl meine Mutter sich die Zähne nie geputzt hatte, sondern immer gurgelte. Angeblich war Zahnpasta irre schädlich für die Stimme, hatte mir meine Mutter als Kind erklärt und ich hab das lange geglaubt und immer frisch gegurgelt. Na wie gut, dass Frau Pietsch nicht mal in Hagens Mund gesehen hatte, der hat nicht mal gegurgelt.

Frau Pietsch fuhr auch mit dem Fahrrad überall hin ... selbst nach Neuseeland. Echt, obwohl sie sich ein richtiges Auto hätte kaufen können. Und ich stellte mir immer vor, wie ihre Pullover immer kratzen müssen. Und die sah wegen der Roh- und Naturkost ganz eingefallen aus, fand ich jedenfalls, und hab ihr in der Dritten ein schönes Mettwurstbrot mitgebracht. Ob sie das gegessen hat? Ich denk schon. Frau Pietsch hatte sich auch immer wahnsinnig für Kinder in Südamerika interessiert und denen Pakete gepackt, während ich immer dachte, die haben's doch gut. Die müssen nicht für immer in der Hugo-Luther sitzen. Auf dem Schulfest in der Dritten haben alle Kinder und Eltern aus meiner Klasse etwas mitgebracht, was verkauft wurde. Die einen Kekse und Kuchen, die anderen ihre alten Sachen, Brezeln, Waffeln, Selbstgestricktes. Ihr kennt das. Ich hatte nichts mitgebracht, weil ich nicht gut backen konnte und alte Sachen hatte ich zwar, brauchte die aber für mich selbst. Ich hab mir in der Zeit einen Stuhl genommen und schnell allen ihre Hausarbeiten gemacht und dafür Geld genommen.

Das lief wie 'ne Eins und ich hatte 25 Mark für unsere Indio-Schnuten aus Guatemala, El Salvador oder sonst wo zusammen. Behalten wollte ich sie natürlich nicht, sondern bin damit zu Frau Pietsch. Mann, hat die sich aufgeregt, als ich ihr erzählt habe, woher ich das hatte. Die ist sauer geworden und ich hatte ihr sofort sagen sollen, wer mir das Geld gegeben und für wen ich die Hausaufgaben gemacht hatte. Das ging natürlich nicht. Ich war keine Petze. Das Geld hat sie aber behalten und mir später immer Fotos von fröhlichen Kindern gezeigt, die das bekommen hatten. Irgendwo im Dschungel. Ich fand immer, dass es denen nicht schlecht ging, wenn die immer grinsten, aber das behielt ich lieber für mich.

„Dann nervt dich bestimmt auch, unser Rehegefüttere", lachte Nathalie, als ich das alles erzählt hatte. „Nein, träum weiter, aber alle tun immer, als würde es solche Kinder nur in Südamerika geben." „Tun sie das?" „Ja! Natürlich! Wer

hilft uns denn?" „Na ich denke, das tun sie doch, oder?"
Ich wusste, worauf sie anspielte und hielt den Mund, weil
sie recht hatte, aber gleichzeitig auch wieder nicht. Denn
wenn man genauer gefragt hätte, wie ihr Vater und meine
Mutter als Kinder gewohnt hatten, dann hätte man sicherlich Erstaunliches herausgekriegt. Arme wurden arm geboren und blieben es in der Regel, egal ob sie ein Almosen
bekamen oder nicht und bei Reichen war das genauso.
Egal wie nett die waren und wie sehr man Rehe fütterte.
Es blieben Rehe und die blieben für gewöhnlich immer in
ihrem Wald.

Danach hörten wir aber Ro zu, denn der begann in
seinem Franzacken Anzug von seinem Keller in der Hugo-Luther zu erzählen, der nur ihm gehörte und dass das
Geländer grün war, die Steine grau und Sachen, die jeden
von uns normalerweise Null interessierten, aber an dem
Morgen spannend waren, und wenn man ihm gut zuhörte,
merkte man schnell, das Ro überhaupt nicht so blöde war,
wie er aussah, sondern dass er das Schöne in den kleinen
Dingen sah und das fand ich beeindruckend.

26

Als wir aufgegessen hatten, fragte ich Nathalie, ob ich
telefonieren konnte und natürlich sagte sie ja. Ich ging

zum Telefon und rief im Krankenhaus an und während ich mich verbinden ließ, sah ich Ro und Nathalie über die Wale oder sonst was sprechen. Ro sah nicht wie ein Onkel-Mörder aus, schoss es mir durch den Kopf, sondern wie Nathalies kleiner Bruder. Wir alle würden, dachte ich bei mir, während es im Hörer tutete und ich mich umsah in so einem Haus, mit so einer älteren Schwester besser aussehen. Gesünder, nicht verkniffen und abgezehrt und ohne die harten Züge, die wir alle hatten. Hagen und vor allem Ronnie hatten sie und harte Augen. Richtige Schlangenaugen hatten sie, fand ich, und wir würden sie früher oder später auch bekommen oder vielleicht hatten wir sie längst, keinen Schimmer. Ich schaute mich nicht ständig im Spiegel an. Doch ich wusste, dass Ronnie früher anders ausgesehen hatte. Es gab diese Bilder in der Zeitung. Wie glücklich er damals gewesen sein musste, doch davon war nichts mehr zu sehen und im Auto hatte er ziemlich beschissen ausgesehen und das kam davon, dass er lange nicht mehr gelacht hatte und sich über schlimme Dinge Gedanken machen musste. Ich dachte, dass Ronnie sicher nur einen ganz kurzen Moment hier zu sitzen hätte und alles wäre gut geworden. Das hätte ihn wieder glattgemacht und dann hätte er wieder mit dem Tanzen anfangen können, richtig erfolgreich, und uns Mut machen. So wie damals, als er diesen Standardtanz gemacht hatte, bevor sie ihn rausge-

schmissen haben, weil er irgendjemand beleidigt, irgendjemand beschissen, irgendjemand in die Fresse getreten
hatte. Verdammt, wenn ich ihn hätte anrufen können.
Aber das ist heute vorbei. Geht nicht mehr. Ich hätte Nathalie fragen sollen, aber hätte sie ja gesagt und wäre er
gekommen? Ich weiß es nicht. Wahrscheinlich nicht. Er
musste doch arbeiten.

Ich hörte aus dem, was die Schwester am Telefon sagte,
heraus, dass meine Mutter noch nicht wieder wach sei, die
Situation kritisch, sie aber nicht mehr sagen könnten. Ich
sollte mich später melden, am Nachmittag, dann hörte sie
kurz weg, fragte hektisch was bei sich nach und plötzlich,
als sie wieder am Telefon war, kam mir ihre Stimme auf-
geregter vor. Plötzlich sollte ich sofort eine Nummer oder
Adresse hinterlassen, weil die Polizei dringend mit mir
sprechen wollte. „Wo bist du, Chris Weiler? Es ist dringend,
weil es um einen...", sie hörte wieder jemand zu und meinte energisch "...ja, weil es wohl wirklich um einen Todesfall
in deiner Familie geht. Weißt du?" „Hm." Ich hörte sie wütend schnauben. „Was? „Du musst..." Sie wollte dann sicher
noch mehr interessantes Zeug erzählen, aber ich hatte genau bis dreißig mitgezählt und dann aufgelegt, weil ich Nathalie nicht mit reinziehen wollte. Bis dreißig, hatten sie im
Käfig gesagt. Dann würde es der Polizei nicht gelingen eine
Fangschaltung zu bauen und ich war mir sicher, dass ich
genau gezählt hatte. Unruhig ging ich nach draußen. Die

Rehe waren weg und es wurde ein wenig böig, wir mussten in die Hütte.

„Sagt mal, habt ihr beide Lust, zum Tankumsee zu fahren? Zum Schwimmen?" „Ist nicht heute Schule?", fragte ich erstaunt und sah sie zweifelnd an. „Ja und? Musst du dann nicht hin?" „Bei mir fällt heute aus", murmelte ich schnell. Sie sprang auf „Siehst du? Bei mir auch. Hitzefrei." Ich sah überrascht zum Himmel, der sich doch ein wenig zugezogen hatte. Nach Hitzefrei sah das nicht aus, auf dem Gebiet war ich Experte. Sie sah uns erwartungsvoll an. „Na, was denkt ihr? Mit dem BMW meine ich." Ich vergaß das Telefonat und die Hütte im Wald, unseren Plan: Laufen, Hütte, Schlafen, Hagen oder Ronnie kommen. Nix von wegen BMW, Automädchen und Tankumsee. Aber es wäre gut, wenn wir aus der Stadt raus wären, dachte ich blitzschnell und sah Nathalie an. Da vermutete uns niemand. An einem See waren wir bisher noch nie gewesen. Wie auch? Die anderen fuhren ins Stadtbad und probierten hinten rüberzuklettern, aber an einen See? Auf den Gedanken kam keiner. Da gab es keinen Zehner oder Sprungbretter und schon gar keine Rutsche. Außerdem lag der weit draußen, bei Salzgitter. Mehr Pampa als einem lieb war. Kein Bus, da kam die Polizei nie drauf.

Ich überlegte kurz, ihr vorzuschlagen, stattdessen ins Freibad zu fahren, aber ich konnte mir Nathalie nicht in unserem Freibad vorstellen. Wie sie da in der langen

Schlange stand und auf Pommes und Cola wartete und außerdem kam das nicht infrage. Wir wollten weg. Natürlich würden wir mitkommen. Wir bereiteten dann gleich irre viel zu essen vor. Eier und Brote, Limo und Obst nahmen wir mit und Nathalie lachte wieder. Dann noch kalten Aufschnitt und Oliven und scharfe kleine Peperoni und Würstchen. Aber keine billigen, sondern richtig gute, das roch man schon. Die billigen rochen nach Wurstwasser, das fand ich völlig peekig. Die, die wir hatten, rochen aber nach Fleisch und guten Gewürzen, echt zum Sterben, und die kamen wirklich irgendwo anders her, fragt mich nicht woher, vom Kaufhof bestimmt, nicht von Aldi. Wir plünderten komplett den ganzen Kühlschrank leer und ich fragte mich, ob ihr Vater nichts sagen würde, aber Nathalie meinte, dass die Sachen zum Essen da seien und ihr Vater könnte essen gehen. Das leuchtete mir ein, weil ich mir einen Professor besser in einem Restaurant als beim Brötchen schmieren vorstellen konnte. Dann nahmen wir aus dem Keller noch einen kalten Weißwein, auf den Nathalie und Ro aus irgendeinem Grund nicht verzichten konnten, und gingen zum Wagen. Verdammt, mir lief das Wasser im Hals zusammen, wenn ich nur an das Picknick dachte, da brauchten wir nicht an einen See zu fahren.

27

Im Stadtbad sammelten wir, wenn wir hungrig wurden, Flaschen für die Pommes. Keiner von uns wäre auf die Idee gekommen, sich ein Brot zu schmieren. Alle wollten immer sofort los, der Hunger kam später und dann sammelten wir Flaschen oder einer klaute ein Portemonnaie, aber wirklich nur, wenn derjenige grad am Gehen war. Nicht, dass er Ärger bekam, denn am schlimmsten war es, wenn du im Sommer Hausverbot im Stadtbad hattest, so wie Rein. Ihr erinnert euch? Rein? Der mit dem Rummel. Rein hatte nämlich mit zehn einen Jungen oben vom Dreimeterbrett auf den Betonboden gestoßen, weil er nicht schnell genug gesprungen war. Das wussten alle. Hausverbot. Auf Lebenszeit. Jetzt kann sich jeder erklären, warum er so irre geworden war. Mit Hausverbot im Stadtbad warst du ge.ar.sch.t. Dann konntest du nur im Käfig rumhängen und ewig warten, bis alle anderen endlich zurückkamen und dir erzählten, was du zum Sterben Großartiges verpasst hattest, und du musstest dir ein Loch ärgern, weil alles gut klang.

Aber wenn man nichts hatte und im Stadtbad keine Flaschen rumlagen und man wirklich Hunger hatte, musste man wie blöde Wasser trinken. Aus dem Hahn, das half todsicher, oder man fragte eine Familie, die ging. Die meisten hatten immer ein Brot oder einen Apfel übrig.

Die meisten lachten und gaben gerne was ab, weil wir immer Experten hatten, die dafür Witze erzählten und taffe Sprüche machten. Ne richtige Butterbrot-Show machten einige mit Grimassen oder Ronnie tanzte wie Michael Jackson dafür. Mann, war der geräumig. Einmal hatte er für eine Tafel Schokolade einen Salto vom Zehner probiert und die bekommen, obwohl er den nicht geschafft und auf dem Rücken gelandet war. Ob das weh getan hat? Probier's aus, dann weißt du es. Manche Menschenfreunde schmissen ihr Brot aber lieber weg. Das nannten wir Schimmelbrot und deshalb stahlen einige von uns aus den Taschen oder schangelten wie verrückt und wir sagten, wenn sie die dann kaschten, lieber Arm ab, als arm dran.

Während ich draußen mit Ro vor dem Auto auf Nathalie wartete, bekam ich das ungute Gefühl, dass wir uns der Polizei stellen mussten. Dass alles nichts bringen würde. Wohin sollten wir? Ohne Geld und Pass? Das schien komplett sinnlos, selbst wenn Hagen einen Superplan hätte, würde es darauf hinauslaufen, dass sie uns kriegten. Bei Nathalie konnten wir nicht bleiben und Ronnie und Hagen mit reinzuziehen, war großer Mist. Wir waren doch halbe Kinder, und selbst wenn wir uns durchschlagen könnten, was dann? Müssten wir in Berlin auf der Straße leben? Ich hatte das im Fernsehen gesehen und war mir sicher, dass ich das nicht könnte. Harter Hund hin oder her. Ich bräuchte ein Schlafsofa oder wenigstens was Ähnliches und Ro gab mir, als ich ihm das zu flüsterte, recht, selbst wenn er auf sowas verzichten könnte und das, was ich ihm sagte, nicht kapierte.

Seitdem er die neuen Sachen anhatte, war er so gut gelaunt, dass ihn nichts aus dem Konzept brachte und ich war mir sicher, dass er das mit Rene entweder gar nicht richtig verstanden oder bereits vergessen hatte. Also, dass er den umgebracht hatte. Wie das gehen sollte? Ich war nicht sein Arzt. Vielleicht, weil sein Gedächtnis komisch funktionierte? Weil die Welt sich um die Sonne drehte. Weil man, wenn man Fußschmerzen hat, gewöhnlich nicht hustet oder vielleicht, weil er dazu die ganze Zeit kein Wort sagte?

Aber richtig konnte ich in dem Augenblick nicht darüber nachdenken, schließlich wollten wir an einen See fahren. Ich musste nur neue Informationen aus unserem Viertel bekommen, dafür wollte ich aber nicht bei Hagen anrufen. Der wäre sicher wütend geworden, weil wir nicht mit seinen Wohlfühldecken in der alten Hütte lagen. Da fiel mir aber ein, dass ich bei Ronnie auf der Arbeit anrufen konnte. Ich fragte Nathalie und die sagte natürlich wieder ja und wir bräuchten nicht ständig zu fragen. „Mia Casa tua casa", sagte sie lachend. Und als ich sie fragend anschaute, meinte sie: „Das bedeutet, wenn mir etwas gehört, gehört es auch dir." Da fragte ich sie natürlich, ob das auch für ihren neuen BMW galt und da lachte sie und zuckte nur vielversprechend die Schultern.

Im Telefonbuch suchte ich dann ewig nach der Nummer vom Schrottplatz und als ich die nicht fand, rief ich bei der Auskunft und erst dann bei Ronnies Arbeit an. Ich bekam aber nicht Ronnie an die Strippe, weil der die ganze Zeit Reifen verbrennen musste und so meldete ich etwa, dass seine Neffen angerufen hätten und wir ihn unbedingt am Nachmittag am Tankumsee und nicht im Wald erwarteten! Der Typ am Telefon war nett, aber auch ein wenig dämlich, denn er konnte Tankumsee nicht schreiben, und als ich es ihm buchstabieren wollte und mit Namen anfing, von denen er den Anfangsbuchstaben nehmen sollte, fragte er plötzlich, ob ich Thomas oder Ronnie sprechen wollte, und da sagte ich ihm, er bräuchte das nicht aufschreiben, sondern sich nur merken. Ich hoffte, er würde es Ronnie trotzdem ausrichten und meinte deshalb, dass es um Leben und Tod gehen würde. Da wurde der aber richtig unruhig. „Tod? Warum Tod? Habt ihr jemanden umgebracht?" Ich musste hart schlucken und meinte, dass das nur eine Redewendung sei, er müsse sich nicht aufregen und das hat er begriffen, zumindest hat er nicht mehr weiter nachgefragt. Als er auflegte, sah ich den Karton mit dem Walkman noch auf dem Tisch stehen und beschloss, ihn mitzunehmen. Einfach um mal auszuprobieren, wie der Walkman sich anhören würde. Ich ging zurück zum Auto, in dem die beiden saßen und wieder über irgendwas lachten. Die beiden verstanden sich richtig gut, fand ich, und das freute mich, weil Ro mit anderen meistens nicht so gut konnte. Und dann in einem BMW. Einem neuen. In blau. Der gehörte zwar Nathalies Vater, aber wenn der nicht da war, durfte sie ihn benutzen. Verdammt, wer durfte einen nagelneuen BMW fahren? Als Fahranfängerin? Das war zum Sterben, doch für sie schien das normal zu sein. „Alle fertig?", kuppelte sie los. „Ich glaub schon." „Glauben ist nicht wissen." „Credo in te." Sie kräuselte fragend ihre Stirn. „Glaub an dich selbst", übersetzte ich es. „Woher hast du das, du kleiner Streber?" „Letztes Jahr Kleines Latinum. In der Bücherei beim Ferntest bestanden." Sie sah mich verblüfft. „Äh, na gut. Schön festhalten, ich fahr den Wagen hier noch nicht lange." „Le Paix soit avec nous." „Wenn du das sagst, Chris."

Langsam rollten wir von der Einfahrt auf die breite Straße. Ich sah aus dem Fenster. In der Nacht war mir die Gegend nicht aufgefallen, aber nun staunte ich Bauklötze. Überall standen große, alte Bäume und vor jedem Haus waren Gärten und alle Häuser sahen unterschiedlich, aber teuer aus. Eins war alt, eins neu, mit einer Garage vorne offen, dann wieder dichte Hecken, die alles verdeckten. In einigen Gärten standen kleine Wasserpools oder Baumhäuser. Hier und da lehnten neue Fahrräder an den Zäunen. Das ging die ganze Zeit, bis zur Hauptstraße, da fuhren wir links durch einen Wald, „Hallo Hagens kleine Waldhütte" dachte ich, dann wieder rechts an der PTB vorbei und schon waren wir auf der Landstraße.

28

Nathalie fuhr nicht schlecht. Bei uns sagten sie immer „Frau am Steuer – Ungeheuer", aber sie fuhr echt wie 'ne Eins, fand ich. Wie eine wunderschöne Eins. Ein-, zweimal gab sie auf der Landstraße Gas und mir wurde sofort übel, während langsam die letzten Wolken verschwanden. Ich war es nicht gewohnt, mit einem Auto zu fahren, und selbst hinten im Bus wurde mir manchmal schlecht. Doch dann roch es urplötzlich nach See, Urlaub und nach Essen und ich überlegte, ob wir nicht einfach weiterfahren könnten. Ans Meer und weiter, ganz weit weg. Darauf hatte ich Lust, aber das war nur ein bescheuerter Gedanke und deshalb lehnte ich mich nach hinten, tief in die Sitze und beschloss, den Tag zu genießen und später dann zu meiner Mutter ins Krankenhaus zu fahren und mich mit Ro zu stellen.

Die Fahrt rauschte vor sich hin. Es war auch heiß geworden und die Sonne brannte zu beiden Seiten richtige Löcher in die Luft und dann flimmerte die Straße und die Rapsfelder, die auftauchten, waren irre gelb, wie ich es noch nie in meinem Leben gesehen hatte. Ich konnte es nicht glauben, dass die Welt dermaßen gelb sein konnte und bekam dabei ein richtiges Schmetterlingsgefühl im Magen und der flog ziemlich magnetische Kreise, wenn ihr wisst, was ich meine. Irgendwann standen Kühe auf der

Weide und schauten uns hinterher und Ro und ich winkten ihnen zu und schrien raus, "Hey, ihr Knallköppe, wir fahren zum Tankumsee schwimmen. Sollen wir euch was mitbringen?" und so einen Blödsinn, doch die checkten das nicht. „Hey, ihr wisst aber schon, dass Kühe ein gutes Gedächtnis haben, oder? Die Beleidigung vergessen die nicht." Ro sah Nathalie an, als wäre er beim Klauen erwischt worden. „Ja, die erinnern sich an alles und jeden, wenn ihr später nicht wiederkommt, dann sind die richtig traurig und heulen und bekommen nie wieder richtige Milch – und sterben daran." Ich wollte sie stoppen, aber es war zu spät.

„Woäh!" Ro begann tierisch zu heulen, denn auch wenn er Katzen am Kiosk jagte, liebte er Tiere und das, was er da grad getan hatte, tat ihm leid – und nicht nur ihm. „Nein, nein Ro, war ein Scherz. Ein Scherz", begann Nathalie alles noch schlimmer zu machen und achtete dabei nicht auf die Straße, was mich wiederum nervös machte. Bei über hundert Sachen und mit einer Anfängerin am Steuer und ´nem Happy Epileppie Kandidaten am Durchdrehen war das verständlich. „Bitte, bitte lieber Ro, hör auf. Es tut mir leid, Ro." Das waren mir eindeutig zu viele Emotionen für ein paar dumpfe Kühe. Egal, ob wir in einem BMW saßen oder nicht. „Es tut mir leid", sagte sie nochmal, was die Sache natürlich nicht normalisierte, ganz im Gegenteil. Ich hätte Nathalie nämlich sagen können, was dann kam. Ro fing an zu kreischen, und wie! Sirenenmäßig und auch zu zittern. Ein Anfall! „Ro, Ro, es tut mir leid", machte Nathalie weiter und bremste nicht wie jeder halbwegs normale Fahrer ab, sondern gab Gas und bretterte beinah einem alten Schirokko auf. Verdammt, bei dem Stil hätten wir der Polizei unsere Daten durchgeben können. „Fahr rechts ran." „Was?" „Fahr ran", wurde ich energischer. „Wie denn?" „Woher soll ich das wissen? Ich kann nicht Auto fahren." „Na siehst du. Das geht nicht. Ich brauch eine Ausfahrt." Ros Sirene steigerte sich ins Unermessliche und ich schaltete auf Durchzug. Nathalie starrte entsetzt nach hinten. Das war neu für sie. „Wie lange geht das noch?" „Wenn du nicht anhältst, für immer", probierte ich mich auf die Schilder vor uns zu konzentrieren. „Für immer?!!" „Ja!!"

Es war irre komisch zu sehen, als wir an der Ampel hielten und die Leute uns anstarrten. Am Anfang dachte ich, die schauen uns an wegen des Mordes, dann begriff ich, dass die Nathalie in dem nagelneuen BMW nicht glaubten, weil sie ziemlich jung und hübsch war, und da musste ich schwer grinsen. Warum? Na, weil ich das auch nicht glauben konnte, aber trotzdem mittendrin saß. Aber natürlich sahen die Leute wegen Ro rüber. „Sag mal. Was ist das?", fragte mich Nathalie. „Was denn?", rief ich zurück. „Was meinst du?" „Riechst du nichts? Es stinkt", schien sie verwundert. „Nein", gab ich mich völlig ahnungslos. „Nein?" Sie schüttelte den Kopf und probierte, sich auf den Verkehr zu konzentrieren und eine Ausfahrt zu finden, aber da war keine. Der Verkehr war dicht. Vor und hinter uns Autos, neben uns Bäume, wer zur Hölle kam nur darauf, überall Bäume zu pflanzen? Ich sah nach hinten zu Ro, dann machte ich einfach das Fenster elektronisch auf und der Gestank war weg. Einige Sekunden später setzte ich mich auf den Vordersitz um, sah Ro kurz in die Augen. „Ro?" Er sah mich an, schrie aber wie am Spieß und ich schlug ihm eine Ohrfeige. Dann war Ruhe. „Was hast du gemacht?", brüllte mich Nathalie wütend an. „Ambulante Quick Intervention." „Was bitte?" „Schelle." „Ah, und das hilft?" Ich nickte. Nathalie und ich schauten erschöpft aus der Windschutzscheibe. „War nicht mein erstes Mal", schob ich vorsichtig hinterher. „Hab ich mir schon gedacht." Nach einer Weile blickte ich nach hinten und merkte, dass Ro eingeschlafen war.

„Meinst du, wir könnten trotzdem anhalten." Nathalie sah rüber. „Nur mal kurz, ich wollte mal ..." Ich wusste nicht, wie ich ihr das erklären konnte, ohne dass sie mich für richtig meschugge hielt. „Ich wollte mal richtige Weite und Ruhe haben." Sie grinste. „Ruhe? Willst du mir auch ...." „Nein, natürlich nicht", stotterte ich. „Außerdem kannst du doch Karate." „Das hab ich aus Enter the Dragon. Aber warum Ruhe?" Ich wusste nicht, wie ich es richtig erklären konnte, doch da hatte sie die Ausfahrt gefunden und fuhr raus.

Rechts neben uns stand der Raps sehr hoch und schlug ein-, zweimal sogar gegen den Wagen, aber auf meiner Seite war der Blick frei und ich konnte bis in den Harz gucken, so klar war die Luft. Sie hielt an. „Reicht das?" Ich nickte und stieg aus. Es war irre. So weit hatte ich noch nie in meinem ganzen Leben geguckt. Noch nie, und da hatte ich das erste Mal das Gefühl, dass ich rauskam. Aus der Hugo-Luther. Vor uns lagen ewig weite Wiesen, dahinter kamen die Berge und über uns schwamm das Blau, ein Blau, ich sag's euch. Es schien sauber, rein und unschuldig. Es war dermaßen großartig, dass ich mich ins Gras setzen musste. „Schön hier, was?", kam Nathalie hinter mir her und setzte sich neben mich, dass sich unsere Arme berührten. Ich nickte und wollte versuchen, es ihr zu erklären, aber wenn ich ehrlich war, wusste ich nicht, was es zu erklären gab. Wie hätte ich ihr das erklären können? Wo hätte ich anfangen sollen? Bei meinem Blick aus dem Fenster in der Hugo-Luther, dem kaputten Kühlschrank oder Rene? Es war nicht zu erklären, obwohl ich sicher mehr Worte besaß als alle, die bei uns lebten.

„Kennst du die Berge da hinten?" stieß sie mich nach einer Weile an. Ich nickte. „Ja. Aber ich war noch nie da." „Noch nie?" Ich schüttelte den Kopf und linste zu ihr rüber. „Das tut mir leid. Ich wollte dir nicht zu nah treten." Ich lächelte und versuchte eine lässige Handbewegung. Über uns flogen die Bienen ihre Kreise, das Gras duftete, neben

mir saß ein wunderbares, älteres Mädchen, das mich kirre werden ließ. Sie durfte mir gern nah treten. „Das da ist
der Brocken", zeigte ich auf den höchsten Berg. „Daneben
liegt der Wurmberg und dort", mein Arm wanderte, „das ist
der Sonnenberg. Der Brocken ist aber gesperrt und gehört
zur DDR, da sind die Russen und auf unserer Seite sind
die Amis. Aber da, wo die Russen jetzt sind, da tanzen die
Hexen. Wie bei Faust." „Den kennst du?" Ich legte meinen
Arm da ab, wo er gewesen war, und berührte sie wieder. Es
war elektrisch. „Mhm."

Sie sah zu den Bergen und legte die Hand über die Augen. „Hast du schon mal so lange auf etwas gestarrt, bis es
anfing zu verschwinden, Chris?" Ich nickte und wünschte mir, dass ihr Arm zurückkehren würde. „Ja. Ständig."
„Und?" „Und was?" „Hat es geklappt?" „Nur bei schönen
Dingen." Sie nickte und sah weiter in Richtung der Berge,
legte den Arm aber nicht zurück. „Habt ihr den schon gehabt? Ich dachte, das wäre Oberstufe?" „Was? Faust? Ist er,
aber ich hab's trotzdem gelesen. In der Bücherei." „Und?
Wie fandest du es?" „Gut. Sehr gut", verbesserte ich mich
und dachte kurz an den Tag in der Bibliothek mit Giselle,
meine Hand unter ihrem Pullover, wie sie gelächelt hatte. „Aber noch lieber hab in den Werther gelesen. Der war
so ..." „So?" „Na so vergeblich." Ich sah sie fragend an. „Nicht
wahr?" Sie zuckte mit den Schultern und lächelte wieder,
als sie nach vorn blickte. „Vielleicht. Ich weiß nicht." Ich

sah sie ernster an, als ich wollte. „Außerdem kommen bei Faust die Frauen immer schlecht weg. Bei dem musst du Wissen mitbringen und das ist offener und wegen seiner Fragen zur Zerrissenheit des Menschen zeitlos. Aber der Werther. Den kann jeder begreifen, weil wir alle ein Herz haben, ...das für jemanden schlägt." Ich schwieg wieder für eine Weile und setzte mich bequemer hin, dass sich unsere Arme wieder leicht berührten. Sie sah mich an und nickte und dann blickten wir lange auf den Harz, bis die Hitze ihn auszulöschen schien, und irgendwie hatte ich das Gefühl, dass mich endlich jemand verstanden hatte.

Nach einer Weile standen wir auf und Nathalie ließ den Wagen an. Ich sah zu Ro nach hinten, doch der schlief noch. Schade, ich hätte ihm gerne die Berge gezeigt, aber ewig konnten wir nicht warten, bis er fertig war, und schon rissen wir die nächsten Kilometer ab.

29

Bei den Autos, die sie bei uns hatten, war immer was. Entweder fehlte das Benzin oder Öl oder Reifendruck oder die Bremsen quietschten, fragt nicht, aber immer musste etwas an den Karren gemacht werden. Manchmal, während man unterwegs war. Dann fuhren die Fahrer ran, guckten sich den Motor an und fingen an rumzufrickeln. Egal ob du keine Zeit oder einen wichtigen Termin hattest. Wenn vorne die Haube aufging, war Schicht. Vor allem, weil die immer wer weiß wie viel Ahnung hatten! Da machte man am besten, dass man zu Fuß weiterkam. Meistens schleppten sie die Klapperkisten später ab oder besser, ließen sie stehen, weil die Ahnung sie im Stich gelassen hatte. Oder die Jungs schraubten daran rum, nur um beim nächsten Rennen an der Ampel abgekackt stehenzubleiben.

Nathalies Wagen hingegen lief wie am Schnürchen. Der Kassettenspieler spielte das Klavier- und Geigenzeug wie am Abend zuvor. Normalerweise tat ich dann immer unruhig und schrie möglichst als Erstes, dass einer den Müll ausmachen sollte. Das machte bei uns jeder. Vielleicht hab ich das schon erwähnt, aber keiner hörte bei uns Klassik. Wohl weil jeder spürte, dass man dafür Ruhe, Muße und ganz viel Hingabe brauchte. Aber das Zeug im Auto hatte es nun wirklich in sich. Wie wenn in einem Film der Held für jemanden starb oder der Familie ungerecht das Haus weggenommen wurde. Ich spürte die Hilflosigkeit des Moments, den Mut, die Emotionen in dem, was die vor sich hin geigten, und dachte an Giselle. Mann, wie eine Macke. Wie sie in dem Wagen gesessen und sicher nicht gewusst hatte, dass ich im Haus und auf der Flucht war. Das alles wusste sie sicher nicht. Ob es sie interessiert hätte? Vielleicht, ehrlich gesagt hatte ich keinen Schimmer. Sicher haben die reichen Jungs von uns erzählt, aber das brachte sie in meiner Vorstellung nicht mit mir zusammen. Ob sie überhaupt an mich dachte? Ich hörte wieder auf die Musik. Das hatte eine echte Leidenschaft, merkte ich, und eine Melodie zum Sterben. Ich fand, das passte haargenau zu unserer „Zwei Assis auf der Flucht-Situation". Die Musik hatte Mitgefühl, aber kein Mitleid.

„Das ist Brahms", meinte Nathalie, als sie bemerkte, wie ich und Ro mitgingen. „Ich liebe Brahms. Keiner kann solche Melodien schreiben wie Brahms. Nicht mal Mozart und schon gar nicht Beethoven, oder?" Ich nickte. „Na klar." Brahms kannten wir natürlich nicht, wir hatten keine Ahnung von klassischer Musik. Brahms hatte mich aber umgehauen, und als ich sie fragte, ob ich mir die Kassette überspielen konnte, sah sie mich wieder an und ich begriff. „Mia Casa, tua casa?" Sie lachte und ob ihr es glaubt oder nicht, aber ich hatte noch nie, noch nie in meinem Leben eine schönere Lache gehört. Nie. Noch nicht mal bei Giselle. War ich etwa auch in Nathalie verliebt? Ging das? Durfte ich das oder wurde ich damit Giselle untreu? Für die echte Liebe durfte ich nur an ein Mädchen denken und nicht an mehrere. Oder doch? Ich wusste es nicht.

Zum Glück kamen wir dann an und ich musste nicht mehr darüber nachdenken, weil der Tankumsee unglaublich schön war. Auch wenn es mich komischerweise ein wenig fröstelte. Vielleicht war das schon eine Vorahnung zu der Katastrophe, die auf uns zukam.

30

Der See sah wirklich zum Sterben aus. Blau funkelnd, mit einer grünen Wiese davor. Er war nicht überlaufen und es gab richtig sauberes Wasser ohne Chlorgeruch und Stadtbad-Arschlöchern, die rumröhrten und sich komplett zum Affen machten. Hier ragten lange Gräser aus dem Wasser, echter Sand und kleine Boote waren gratis. Es gab keine viel zu kleinen Handtücher, auf denen wir liegen mussten, sondern Nathalie hatte Matten mitgebracht und dazu noch das Essen. Ich kann euch sagen, es war sofort gemütlich. Ich hätte glatt für immer bleiben können. Richtig wie geplant und ich hätte Nathalie gerne gefragt, ob das immer so sei oder ob sie das wegen uns machen würde, aber dann hab ich meine Klappe gehalten und mitgeholfen alles auszupacken.

Sogar an eine Hängematte hatte sie gedacht und wir knoteten sie fest, als würden wir für ewig bleiben. Dass wir die Badehosen von ihrem Vater anziehen sollten, da hab ich kurz nicht mehr mitgemacht. Ich dachte, ich würde einfach meinen Schlüpfer nehmen, der sicher nicht mehr frisch war, aber die Badehosen von einem alten Professor wollte ich zuerst auf keinen Fall anziehen. Das kann man verstehen, oder? Mann, der hatte sicher wer weiß wie oft da reingefurzt. Daran musste ich ständig denken, als ich das Ding in der Hand hielt. Das 'n alter Professor da reinfurzte wie ein Weltmeister. Na, ich ging trotzdem ein paar Bäume weiter, damit Nathalie sich nicht vor mir ausziehen musste, und selbst Ro begriff das und kam mit mir um die Ecke und grinste, als er mich halbnackt sah, weil ich dann doch die Badehose anzog und er seine.

Dabei betrachtete ich sein nacktes Knie, auf denen verkehrt herum AC/DS stand und erinnerte mich an den Abend vor zwei, drei Jahren, als ich aus der Bücherei vom Lernen kam und alle noch richtig Schimmer waren. Vierte Klasse, es war im Sommer, keine Ahnung, was ich zu der Zeit gelernt habe, aber nach Hause ging ich in der Zeit nicht gerne, weil meine Mutter mit einem Musiker zusammen war und der bei uns immer Lay Back In The Arms Of Someone sang und ihr von einer Tournee er-zählte. Das war echt zu viel für mich, weil ich da schon die Briefe an die Ämter schrieb und ihnen erklären muss-te, dass der Typ nichts besaß. Sonst hätten die uns noch was gekürzt. Ich saugte mir immer was aus den Fingern, wie beim Referat, und die glaubten das dann, während er Smokie krächzte. Naja, egal, an dem Abend saßen die anderen im Käfig auf dem Boden, an den Gittern, gut durchgeschwitzt. Ich setzte mich dazu und spürte nach der Stille in der Bücherei den Käfig, in dem sie den gan-zen Tag Fußball gespielt hatten. Der Boden war warm von den vielen Flüchen und Spielen und ich hörte den Jungs zu, wie einer einen Kopfball reingemacht hatte und dafür Respekt bekam, während bei mir der Blödsinn vom Lernen herumschwirrte. Ich fühlte mich wie im Traum. Schwebend. Auf Tauchstation, gleichzeitig da und wieder nicht. Die meisten hatten ihre T-Shirts ausgezogen und zeigten ihre kleinen Tattoos.

Sprüche, begonnene Herzen und so ein Mist. Alles ziemlich dürr. Mit der Hand gestochen. Furunkel sahen schöner aus. Ro stand auch da, zunächst im sicheren Abstand und die Schiller-Zwillinge und einer, den sie immer Nase nannten, weil seine oft gebrochen war, versuchten ihn irgendwann reinzulocken und einzureden, dass er wie der Bruder von Angus Young aussehen würde. Ich fand das kein bisschen, aber Ro freute sich, dass ihn niemand schickte oder schlug und da meinte einer, ich glaub, es war Hagen, dass Ro eine Tätowierung bräuchte und obwohl er keine Lust hatte und wegrannte, liefen ihm die Schillers nach. Als sie ihn eingeholt hatten, schleppten sie ihn zurück in den Käfig. Die packten den kleinen Mann richtig fest an und ich konnte nichts für ihn tun. Am Anfang schrie er ein wenig, aber die hielten ihn immer fester und einer holte Tinte und dann stachen sie ihm das Ding. AC/DS, die Penner, mit zehn. Sodass nur er es Lesen konnte – und falsch geschrieben. Aber was soll's, er konnte nicht lesen, sie haben ihm gesagt, dass da AC/DC stehen würde und er hat es geglaubt. Angeblich hatten sie das nicht gewollt, meinte jedenfalls einer von den Schiller-Zwillingen, ich weiß heut nicht mehr welcher. Verstanden hab ich das nicht und scheiße fand ich es auch. Aber zum Glück hatte Ro das schnell wieder vergessen und achtete nicht mehr drauf, sondern freute sich, dass er dabei war. Richtig geschnallt hat er das wie gesagt nie, aber fies fand ich es trotzdem, und jedes Mal, wenn ich das krepelige Ding sah, dachte ich, dass, wenn ich Geld haben würde, Ro eine Entfernung spendieren würde. Dass es dazu nicht mehr kommen würde, ahnte ich in dem Moment aber nicht.

Als wir wieder zu unserem Platz kamen, hatte Nathalie sich umgezogen und sah total hübsch aus. Wie eine Prinzessin von ganz weit weg. Ihr Badeanzug war neu, blau, und hatte überall blitzende hellblaue Sterne. Er stand ihr irre gut. Sie hatte einen richtigen Busen, den ich super fand. Ich sah zu Ro, der Nathalie mit seinem kleinen Köpfchen wie ein Glühwürmchen anstrahlte und nicht mehr von ihr weg wollte. Hätte nicht viel gefehlt und er hätte sich von ihr streicheln lassen. Na egal, da kam noch. Wir gingen nämlich schnell zum Wasser und sprangen rein. Ich ließ mich fallen und fühlte, wie alles an mir herunterlief. Die schlimmen Erinnerungen, der Dreck aus dem Keller, die Tränen, das Blut, alles.

Ich sah dann erstaunt, wie gut Nathalie schwimmen konnte. Die konnte richtig kraulen. Nicht wie bei uns, wo die zwar immer mordsmäßig ins Wasser schlugen, aber die

Beine machten immer andere Bewegungen. Die kamen mit ihrer Supertechnik nicht vom Fleck. Weil sie nämlich nicht kraulen konnten. Nathalie konnte aber wie Tarzan kraulen, als ob sie an einem Fluss aufgewachsen und ständig vom Wasserfall gesprungen wäre, so gut konnte die schwimmen.

Als ich zurücksah, bemerkte ich, dass Ro noch am Wasser stand und nicht reinkam. Seine Augen quollen bei dem vielen Wasser ganz komisch auf und sein Körper war auch steif. Nicht mal seine Zehen streckte er rein. Ich checkte natürlich, was das sollte, nur Nathalie eben nicht. „Wie, er kann nicht schwimmen? Er ist doch bestimmt schon 15!" „13" korrigierte ich sie. „Ja und?" „Er hat nie Schwimmunterricht gehabt." „Echt nicht?" Sie schaute mich an. Aber nicht hämisch, sondern erstaunt. „Auch nicht in der Schule?" „In der Klippschule?" Ich schüttelte den Kopf. „Da ist er nie", informierte ich sie knapp über seinen Ausbildungsstand. „Dann müssen wir es ihm eben zeigen." Ich nickte und dachte mir meinen Teil, weil ich nicht viel Vertrauen hatte, doch wenn ich euch das jetzt erzähle, werdet ihr mir sagen, dass ich lüge, aber nach zwei Stunden schwamm Ro wie ein richtiger Schwimmer. Ja wirklich! Das lag an Nathalie, die ihn ins Wasser gelockt hatte. Die hatte ihm sogar zuerst unter den Bauch und an den Armen angefasst, da hat Ro aber gleich ′nen Dauersteifen bekommen. Deshalb ist sie zu einer Familie gegangen, die da lag, und hat sich ein Schaumstoffbrett ausgeliehen, für Ro. Und das hat geholfen. Klar, er konnte nicht wer weiß wie gut schwimmen, aber er konnte sich über Wasser halten und wenn man in dem Moment sein Gesicht genauer betrachtet hätte, hätte man noch weniger glauben können, dass er einen umgebracht hatte.

31

Als wir aus dem Wasser kamen, legten wir uns auf die Matten, aßen in der Mittagssonne Wassermelonen, tranken Saft und aßen Brötchen, die mit weichem weißen Käse belegt waren, der ein wenig nussig schmeckte und zudem Tomaten und das ganze andere grüne Zeug, was gesund sein sollte. Ich hielt das für übertrieben, denn auf ein Brot gehörte meiner Meinung nach Butter und Wurst und kein Käse und schon gar nicht Käse und Salat. Aber ich wollte nicht total blöd dastehen und so aß ich alles und es schmeckte okay. Nicht, dass ich in den nächsten Supermarkt gerannt wäre, um das zu kaufen, aber es ging. Richtig gut waren aber die Würstchen und das kalte Fleisch, mit 'ner Kräutersoße drauf. Verdammt, so was sollte es häufiger geben, dachte ich, während ich das in mich reinschlang und ich wollte Nathalie fragen, wie der Käse hieß, als ich den grünen Kadett von Ronnie entdeckte.

Mit dem Brot in der Hand richtete ich mich auf und sah wie gebannt auf den Wagen, der grade in einem Zug einparkte. Dass Ronnie alleine kam, werde ich ihm ewig hoch anrechnen. Ich weiß nicht, Hagen oder einen der anderen Jungen aus der Hugo-Luther hätte ich an dem Tag nicht vertragen. Die hätten bestimmt rumgealbert oder auf harter Hund getan. Ronnie parkte seinen Wagen jedenfalls direkt neben Nathalies BMW, als ob er wissen würde, wie wir an den See gekommen waren. Bei ihm war ich mir nicht sicher. Ich stellte mir damals alles Mögliche vor, was Ronnie konnte. Ronnie konnte in meinen Augen supergut tanzen, Auto fahren, er wusste sich zu prügeln und konnte schnell ausflippen, aber er hielt immer zu einem. Egal was war. Immer. Einmal hatte Hagen auf dem Rummel beim Autoscooter Streit mit einem Trupp Hooligans gehabt und Ronnie ist nicht weggerannt, sondern hatte ein, zwei richtig alle gemacht und dann einen Stich ins Bein kassiert. Ronnie ging niemandem aus dem Weg.

Doch das Wichtigste war: Ronnie wusste immer, was zu sagen war und wann man am besten die Klappe hielt. Er saß eine ganze Weile im Auto und stieg erst langsam aus und zündete sich eine Zigarette an und ich werde nie, nie, nie, nie vergessen, wie er aussah. Er hatte ein blau-schwarzes Karohemd mit abgeschnittenen Ärmeln an, das bis zum Bauchnabel aufgeknöpft war. Spitze halbhohe Stiefel, enge Jeans, die ausgeblichen waren und kam dann auf uns zu, wobei er die Hand locker fallen ließ und mit den Schritten in der Sonne den Sand aufwirbelte. Ronnie, 19, mehrere schwere Raubüberfälle, Erpressung, Sachbeschädigung, Körperverletzung, Frauen schlug er nicht. Zwei Jahre noch Bewährung und trotzdem war er mit mir zur Schule gefahren und hatte mich beschützen wollen. Seine Haare waren von der schweren Arbeit verschwitzt und er hatte sie, wie wir alle, an den Seiten nach hinten gekämmt. Er musste direkt vom Schrottplatz zu uns gefahren sein und er sah aus, wie ich mir einen Ritter vorstellte, dachte ich bei mir und hoffte inständig, dass Nathalie das auch sehen würde.

Als er vor uns stand, musste er was sagen, aber er wollte, dass wir uns als Erstes bewegten, weil wir Mist gebaut hatten und er sich um uns kümmern musste. Zudem wusste er nicht, ob Nathalie etwas wusste. Das glaubte ich zumindest. Begrüßt hat er sie allerdings merkwürdig. Hallo und sonst nichts. Was daran merkwürdig sein sollte, weil die sich nicht kannten? Hm, gute Frage. Das war mein Bauchgefühl. Hagen wäre sicher ausgeflippt, uns mit so einem Mädchen zu sehen und hätte wer weiß was erzählt, um sich groß zu machen, Ronnie nicht. Der war groß. Irgendwie angespannt und locker zugleich, panthermäßig. Richtig konnte ich mir das aber nicht erklären, dass er Nathalie nicht anguckte, sondern auf den See blickte und seinen Blick ganz weit laufen ließ. Wie an dem Tag, als er seinen kleinen Bruder durch die Straße getragen hatte. Und still war er. Es war komisch, weil Nathalie, kaum war Ronnie da, nichts mehr sagte. Kein Ton. Sie wurde still und da erst begriff ich, was wirklich lief.

In dem Moment erinnerte ich mich an den Blick von ihm. Dem im Wagen. Auf dem Schulhof, als die beiden mich zur Schule gebracht hatten. Als Ronnie sich nicht bewegt hatte. Er hatte Nathalie da in der Schule gesehen und sie ihn, da war ich mir mit einem Mal ganz sicher und biss gleich noch mal in das Brot, weil ich das spannend fand. Irgendwo in der Schule musste sie gestanden und sich gefragt haben, wer das wohl sei? Ich linste unauffällig von einem zum anderen und wurde unsicher. Aber vielleicht kannte sie ihn? Die beiden waren gleichalt. Die hätten sich gut in der Stadt, auf dem Bohlweg oder sonst wo über den Weg laufen können. Wer wusste denn, was Ronnie abends machte? Aber nein, so und nicht anders hatte er gestern auch geschaut. Als würde er etwas entdecken, von dem er nicht sagen könnte, was es genau war. Als hätte er zum ersten Mal in seinem Leben das Schöne gesehen. Das Besondere des Lebens, wisst ihr? Nein? Echt nicht? Mann, ich hab doch versucht, es zu erklären. Ich kann nicht immer nur alles erklären, ihr müsst es mal begreifen. Etwas, das viel größer ist als wir. Das mein ich. Vielleicht die Liebe für etwas. Vielleicht der Tod oder die Schönheit.

Ronnie ging dann ein paar Schritte und drückte die Zigarette auf dem Boden aus. Ich sah auf die Stelle, auf der ein schwarzer Aschefleck zurückgeblieben war, direkt auf dem Sand. Dann machte er ein Zeichen mit dem Kopf, ohne was zu sagen, richtig locker, und Ro und ich standen gleichzeitig auf und gingen mit. Das musste für Nathalie echt zum Sterben bescheuert ausgesehen haben, aber so war das eben bei uns – wir standen einfach voll auf Ronnie. Der war eine Art Gott oder zumindest kam er direkt dahinter für alle Jungs und Mädchen aus der Hugo-Luther. Der Staub wedelte wieder auf, Kinder schrien vor Freude, wir liefen glücklich hinter ihm her und dann waren wir in einem kleinen Wäldchen verschwunden. Eines, das es nur an Seen gibt, so ein Wäldchen war das. Vorher hatte ich noch nie ein Wäldchen wie das gesehen. Bei uns schon gar nicht. Draußen war es heiß, dort still und schattig und null verdreckt. Der Boden war mit Kiefernnadeln belegt und festgetreten, es roch nach Bäumen, Wärme, See und was da noch war.

Ronnie blieb plötzlich stehen und wirbelte herum. „Mensch Jungs, seid ihr total blöde? Wie bescheuert geht's noch, he?" Wir schauten ihn überrascht an, weil wir das nicht erwartet hatten, aber er war noch nicht fertig. „Eigentlich müsste ich dir eine reinhauen, Chris", er sah mich eindringlich an. „Mann, wo ist nur dein Gehirn? Was glaubst du, was ihr macht?" Ich zuckte dämlich mit dem Schultern und brachte nur „Picknicken" raus. Ronnie sah mich baff an. „Picknicken? Mensch ihr habt...", drehte er sich zu Ro, „ihr hab einen umgebracht. Morgen oder übermorgen ist euer Bild in der Zeitung. Versteht ihr?" Ich nickte und er wurde ein klein wenig milder. „Dann geht es ab in den Jugendknast." Er blickte zu Ro, aber der lächelte nur. „Oder die Geschlossene. Abgeschlossen, versteht ihr? Wisst ihr, wie das ist? Nicht rauszukommen? Für Jahre? Und ihr tut, als ob ihr hier ′nen Badeurlaub machen würdet? Mit der da?" Er nickte zu Nathalie. „Verdammt, wisst ihr, was passiert, wenn die euch kriegen? Ihr werdet wie ... wir. Wollt ihr das? Gefängnis, rein raus. Der ganze Scheiß? Das hört für uns nie wieder auf!" Ich schaute bedrückt nach unten. Er hatte recht. Was hatte ich mir gedacht? Warum waren wir nicht in den Wald gegangen? Wegen meiner Angst? Ich würde nie im Leben so ein harter Hund werden wie Ronnie oder Hagen. Nie, begriff ich, und versuchte durch die Bäume ins Nichts zuschauen, nur um Ronnie nicht ansehen zu müssen. Der schnaufte auf, zog einen kleinen Flachmann aus der Tasche und nahm einen Schluck. „Na gut, ist ja schon schlimm genug. Ich hab einen Plan. Wenn ihr euch an den haltet, kommt ihr durch. Okay?" Ro und ich nickten.

Ronnie begann dann zu erzählen, was in der Zwischenzeit passiert war. Die Bullen hatten Rene schnell gefunden. Keine zehn Minuten hatte das gedauert, dann hatten sie den Laden, wo die türkischen Männer immer

Karten gespielt hatten, durchsucht und die Waffe wurde vermisst. Ansonsten gab es keinen mit einer richtigen Spur, wir sollten uns bedeckt halten. Wir hatten ihm noch nichts erzählt, aber Ronnie wusste, dass wir damit zu tun hatten, einfach aus Instinkt, dachte ich damals in der Aufregung. Heute weiß ich natürlich, dass er mit Hagen über uns gesprochen hatte. Ich blickte zu Ro. Er war mehr als glücklich, dass einer wie Ronnie sich für ihn interessierte und extra wegen uns den weiten Weg rausgekommen war, das konnte ich deutlich sehen. „Jetzt zu dem Plan." Wir setzten uns auf einen umgefallenen Baum und hörten genau zu.

Ronnie meinte, er würde uns Geld bringen und dann würden wir weiterschauen. Wir müssten auf jeden Fall weg, und zwar weit weg. Bei den Worten mussten Ro und ich wohl heftig zusammengezuckt sein, denn Ronnie beruhigte uns. Er kannte jemanden unten in Spanien. „Da seid ihr sicher. Stellt euch vor, ihr könnt arbeiten und Frauen gibt es da, das könnt ihr euch nicht vorstellen. Den ganzen Tag mit freiem Oberkörper rumlaufen und das Leben ist einfach. Weintrauben und richtige Melonen liegen einfach rum. Kannste dir nehmen, sagt keiner was und der Wein ist billig. Vor dir der Strand, die Sonne und die Weite." Er sah mich eindringlich an. Mann, er bemerkte, dass wir an seinen Lippen hingen und schmückte sicherlich das eine oder andere aus, aber das war uns egal, wenn er nur für immer weitermachen würde. Uns von unserer Zukunft weit, weit weg von der Hugo-Luther zu erzählen.

Er sprach von dem richtigen Meer, dem richtigen Himmel und dem richtigen guten Essen. „Selbst Spanisch werdet ihr da in Nullkommanix lernen", meinte er und lächelte sein Ronnie Lächeln, was er uns selten gab, und dann fluchte er ein ganze Weile ziemlich gekonnt auf die Polizei, weil die seit gestern überall rumschnüffeln und alle bei uns befragten. „Selbst die vom Alki und Irren Kiosk haben sie gefragt. Nur nicht die Rocker", lachte er laut auf. Hagen hatten sie mitgenommen, aber vielleicht hatten sie das getan, weil jemand in der gleichen Nacht beim Bäcker eingebrochen war. Aber Hagen hatte kein Wort verraten. Nicht mal Ronnie, weil den das wegen der Bewährung in Schwierigkeiten hätte bringen können. Er gab uns beiden ein paar Zigaretten und wir freuten uns wie die Schießhunde und vergaßen kurz unsere Angst. Nicht dass ich ein großer Raucher gewesen wäre, aber trotzdem war es nett, dass Ronnie uns als so alt ansah, dass er uns welche anbot, aber ich nahm mir fest vor, sobald wir in Spanien wären und sich der Ärger gelegt hätte, würde ich direkt damit aufhören.

Dann fragte Ronnie noch alles Mögliche und ich fragte auch alles Mögliche, als ob wir schon eine Woche weg wären und nicht nur eine Nacht. Aber es gab wirklich einiges Neues. Der Einbruch in der Bäckerei brachte nichts ein,

Hagens Vater hatte von einem der Rocker auf die Fresse bekommen, er selbst würde seinen Wagen verkaufen ... Ronnie brach ab und blickte in Nathalies Richtung und da war er wieder. Dieser Blick in die Ferne. Ein Blick, der eigentlich ein Wunsch war, denk ich mir heute, ja? Ich spürte, dass Ronnie was fragen wollte und wir erzählten ihm aufgeregt alles von Anfang an. Von dem Denkmal, den Glühwürmchen, dass Ro geflogen war, den reichen Jungen, dem Schuss und den Rehen, aber ich merkte, dass ihn nichts interessierte und er nur so tat, als ob, und dass sein Blick weniger mit uns, aber vielmehr mit Sehnsucht und Verlust, aber vor allem mit Nathalie zu tun hatte. Ich hab ihn nie fragen können, ob das wirklich stimmte oder ob ich mir das alles nur ausdachte. Wie bei einem Referat, bei dem ich Dinge erfand. Aber ich glaube heute, dass Ronnie sich an einen bestimmten Tag zurückgewünscht hat. Einige Jahre jünger und ohne Schrottplatz und dass er gerne wieder getanzt hätte und dass bei ihm alles wieder war wie früher. Bevor er ins Jugendgefängnis musste.

Am Ende verabredeten wir, dass wir einige Tage die Füße stillhalten sollten, am besten bei ihr, und wenn etwas passieren würde, würde er sich melden. Er musste ein wenig Geld für uns besorgen und seine Geheimkontakte in Spanien spielen lassen. Völlig überzogen, aber wisst ihr was? Mir war's egal. Ich wollte es einfach glauben. Es klang nach einem Fluchtplan. In Spanien untertauchen? Na klar!

Keine Haare am Sack, aber La Paloma pfeifen, sagten sie bei uns dazu, aber wir hatten einen Menschen umgebracht und waren auf der Flucht. Dachten wir jedenfalls. Nur ich war erst dreizehn, Ro ein wenig älter, wir konnten nicht weggehen. Wir waren an unsere Gegend gebunden, ich wegen meiner Mutter – und Ro? Na Ro, weil er behindert war. Der konnte kaum richtig sprechen und dann Spanisch lernen? Spanisch? Hätte der als Lächelnde Puppe arbeiten sollen? Der hatte Anfälle, da fiel er um und sabberte. Oder das Schreien im Auto? Auffälliger ging's nicht. Wir hätten keine drei Tage in Spanien überlebt. Nicht einen. Wir waren nicht wie Ronnie. Lang nicht, das begriff ich schon. Aber wir taten, als wäre es das Allerlogischste und machten tolle Pläne.

Ich meinte, ich würde bei Nathalie den Atlas aufschlagen und überlegen, wie wir trampen würden, weil wir über die Grenze mussten. Das half mir, schätz ich mal, meine Angst zu beherrschen. Wir griffen nach jedem Strohhalm und wenn er auch noch so unmöglich war. Ronnie sprang auf und reckte sich. „Ich muss weiter, paar Sachen für euch organisieren. Mann, endlich ist mal wieder richtig was los. Das ist ja wie damals, als die Türken uns fertig machen wollten." Er sprang wieder auf den Holzstamm, machte ein wenig Schattenboxen und reckte sich federnd. Er meinte noch nicht, dass ihn Nathalie später identifizieren könnte. Sein Gesicht wurde kurz hart, „Nur eins, Chris. Sprich nicht mit ihr darüber. Wenn rauskommt, das wir euch helfen, sind Hagen und ich dran, ja?" Ich nickte. „Hast du das auch genau verstanden? Versprich's! Kein Wort!" „Ich versprech's, Ronnie. Ehrenwort." Er ließ sich dann von mir den Weg zu Nathalie beschreiben, falls vorher irgendwas passieren sollte und dann schlenderten wir zu ihr zurück. Mit Ronnie. Er schraubte sich ein Sandwich rein und war kein bisschen von wegen „Scheiße, Käse" und „Gibt's kein Bier", wie er manchmal im Käfig war. Er fragte Nathalie schüchtern ein, zwei Sachen zu ihrem Auto, ging einmal rum, schaute fachmännisch rein und dann verschwand er wieder. Sein alter Kadett heulte auf, irgendwas musste kaputt sein, und dann war er weg.

32

Ro schnaufte tief aus und wirkte zufrieden. Ich sah ihn an. Er begriff nichts, dachte ich erschrocken. Gar nichts. Nathalie und ich hingegen schauten uns an, aber das unbeschwerte Brötchen mit Käse Gefühl kam nicht zurück. Ro hingegen dachte nach, das konnte man richtig sehen. Ich dachte auch nach. Keine Ahnung, ob man das sehen konnte. Zuerst über meine Mutter und dann noch lange über Spanien, ob das möglich sei. Und dann fragte ich Nathalie, auch wenn ich ein wenig Angst hatte und Ronnie doch versprochen hatte, ihr nichts zu erzählen. Aber Nathalie kannte sich aus und sie glaubte von Anfang an nicht an den Plan, nach Spanien zu gehen und dort allein zu leben. „Schließlich musst du doch deine Schule fertig machen und was deine Mutter dazu sagt? Nur weil du dich mit ihr gestritten hast? Wegen eines Walkmans?" Da sah ich ihr an, dass sie mehr ahnte. „War sie das? Mit den Flecken und dem blauen Auge? Schlägt sie dich?" Ich schüttelte den Kopf. „Oder dein Onkel? War der das?" Ich sah sie an. „Es war dein Onkel, hab ich recht?" Ich nickte. Die war nicht dumm, ganz im Gegenteil, das sah ich in ihren hellen, wachen Augen. „So ein Arsch. So ein Arsch. Den müsste man anzeigen, echt." Ich sah, wie sie wütend wurde und wollte ihr alles erzählen, nur, ich schaffte es nicht.

Ich schlief erschöpft ein und als ich erwachte, sah ich sie neben mir sitzen. Ich richtete mich auf, Ro stand am Ufer, schaute auf den See. „Du kennst Ronnie schon länger, oder?" Sie drehte den Kopf und sah mich überrascht an. „Woher weißt du das?" Ich zuckte mit den Schultern, weil das wirklich jeder sehen konnte, der nicht fünf Mark auf den Augen hatte. Ich weiß nicht, es war zum Sterben, weil ich gut darin war, die Beziehung zwischen den Leuten, wie soll ich sagen, zu sehen. Wie sie zueinander standen, mein ich. Na, die Körpersprache. Körpersprache lesen war ganz einfach und eine Zeit lang dachte ich, dass das jeder könnte. Bis ich gecheckt habe, dass das viele nicht können. Zum

184

Bleistift das Problem von Ro, ja? Das kam zum Teil daher, dass er nicht die Gesichtsausdrücke von uns verstand und wir nicht seine. Das war schon mal die Hälfte seines Problems. Keine Ahnung, ob das stimmte. Ich hatte ja manchmal schön bescheuerte Gedanken.

Als ich das bei Ronnie und Hagen mal erwähnt habe, hat Hagen mich angeschaut, als hätte ich ihm eine ordentliche Primzahl aufgesagt. Dann meinte er: „Ro hat zu viel von seinem Vater auf den Kopf bekommen, Chris. Das ist ein Idiot und gut ist." Dabei wusste er, dass Ro früher nicht so gewesen war und dass das nur gekommen war, weil seine Eltern ihm seine Medizin nicht gegeben hatten. Weil sie sich nicht um ihn gekümmert hatten. Weil er den Klinterklatern zum Sterben egal gewesen war und sie sich nur für Alkohol, Kippen, Glotze und den Rest, den sie ihr Leben nannten, interessiert und nicht gemerkt hatten, wie er vor ihren Augen dümmer wurde. Das, was Ro hatte, war eine Stoffwechselkrankheit. Da hätte man gut was gegen tun können, aber das hab ich mich nicht getraut, Hagen zu sagen. Aber ich hab's gedacht. Ronnie hingegen meinte später, jetzt wüsste er, warum die mich da aufs Gymnasium gebracht hätten und dass er mir als Erster die Fresse polieren würde, wenn ich nicht hingehen würde und meine Chance nutzte.

Nun, bei Nathalie und Ronnie habe ich das an ihrer Körpersprache gesehen, wie die Sonne rund war und ihr das gesagt und sie hat genickt. „Weißt du, Chris, vor zwei Jahren war ich schon mal für ein halbes Jahr hier. Damals war mein Vater häufig an der PTB und eines Tages habe ich Ronnie in der Stadt kennengelernt. Er hat noch getanzt, wir sind ausgegangen und ich habe ihm einen Journalisten von der Braunschweiger Zeitung vorgestellt. Ich weiß nicht, er war … ganz anders damals. Weicher." Ich nickte, weil das stimmte. „Ich habe mich irrsinnig in ihn verliebt. Das war ein Abgrund, ich sag's dir. Er meinte, wir würden für immer zusammengehören. Wir wollten weg, für immer. Nach Spanien. Interrail und dann zu meiner Mutter. Er wollte das. Doch als ich dann für eine Weile wegging, weil mein Vater zurück nach Südamerika musste, hat er mir von einem Tag auf den anderen nicht mehr geschrieben. Kein Wort. Ich habe es nicht verstanden und bin zu euch nach oben gefahren. Um ihn zu suchen, aber das war kein Spaß mehr." Ich sah sie erschrocken an. Sie nickte. „Er war schon im Gefängnis und seine Eltern wollten es ihm sagen. Keine Ahnung, ob sie das gemacht haben. Ich weiß nicht. Ich schätze mal, es ist vorbei." Sie blickte traurig zum See. „Du kannst das vielleicht nicht verstehen, Chris, aber … er besaß eine besondere Aura. Damals, als ich ihn traf. Ich kam nicht weg." Ich hab erstaunt genickt, weil ich das auch fand, aber der Rest war neu und dass sie bei uns gewesen war. Na, da bin ich abgeschnallt.

Aber das war zum Sterben, als ich ihr vorschlug, dass Ronnie abends zu ihr kommen könnte und sie mit dem

Kopf geschüttelt hat. Da sah ich auch, dass sie bei dem Gedanken erschrocken war, und dann meinte sie, dass sie das nicht mehr wollte, weil Ronnie ihr Ärger und Schmerz bringen konnte. Und davon hatte sie zu viel gehabt. Ich musste ihr versprechen, dass wir uns mit Ronnie woanders treffen würden. Nie bei ihr.

„Ich könnte dir aber ein wenig Geld geben", meinte sie lautlos in die Stille, doch ich schüttelte den Kopf. Wir beide lächelten uns an, wie Geschwister oder was Ähnliches. „Du, dieses hübsche Mädchen, mit der schokobraunen Haut, die von der Schule. Ist das deine Freundin?" Ich überlegte ein wenig und nickte. Als Nathalie erzählte, dass sie mich mit Giselle gesehen hatte und wir beide gut zueinander passen würden, spürte ich einen kurzen Stich, weil ich nicht mehr daran denken wollte. Weil ich sie in dem Wagen gesehen hatte. Als ich Nathalie das erzählte, zuckte sie mit den Schultern und meinte nur, dass sie auch bei den Idioten gesessen hatte. Na und, ob ich etwa denken würde, dass sie blöd sei? Da schüttelte ich den Kopf, „Nein, natürlich nicht", und dann lehnte ich mich zurück auf die weiche Matte, guckte in den grünen Baum über mir und dachte an Giselle und wie schön es mit ihr gewesen war. Welche Liebe sie für die Dinge gehabt hatte und ich hoffte, dass wir eines Tages zusammenkommen könnten. Wenn dieser Scheiß vorbei war. Ich ahnte aber, dass das sicher lange, vielleicht für immer dauern könnte. Ich sah uns beide in meiner Fantasie trotzdem in Spanien, wie wir am Meer saßen, Fische fingen und uns küssten, zum Sterben. Mann, ich musste ganz tief in mir zugeben, dass ich in sie verliebt war und dass sie mit diesen komischen Typen mit ihren Baseballjacken, teuren Polohemden und seidenen Haaren rumlief, war mies und tat mir weh.

Ich weiß nicht, wie lange jeder von uns seinen Gedanken nachhing. Es musste länger gewesen sein. Langsam waren mehr Menschen gekommen und hatten sich um uns gesetzt, ohne dass ich das mitbekommen hatte. Meist Familien mit kleinen Kindern, viele hatten neue Autos und die picknickten, wie wir. Es war längst nicht so überfüllt wie im Stadtbad und eine Rutsche oder ein Zehnmeterbrett gab es natürlich nicht, aber ich fand, dass es schöner war. Nathalie fragte mich, ob ich mal Kinder haben wollte und wenn ja, wie viele und wie ich mir mein Leben weiter vorstellte. Alles Krams, den bei uns nie einer fragte und deshalb musste ich länger nachdenken. Aber ich kam zuerst nicht drauf. Ich dachte kurz an meine Mutter und da hatte ich es. Wieso war ich nicht gleich drauf gekommen? „Alles. Nur kein Frauenschläger." Nathalie sah mich erstaunt an und meinte: „Das wirst du bestimmt nicht!" „Und warum nicht?" „Weil du sensibel und einfühlsam bist, Chris Weiler. Finde ich." Und bei jedem anderen von uns hätte das wie eine Beleidigung geklungen, aber bei ihr klang das nett und wahr.

„In einem Menschen ist wirklich viel Blut", sagte ich auf einmal. Ich sah sie erschrocken an, doch sie blickte traurig zum See. „Ja, das stimmt." Dann sagte niemand mehr was, während um uns herum die Kinder schrien. Nach einer Weile stand Nathalie auf und ging zu dem Wäldchen, um nachzudenken, wie sie sagte. Aber ich spürte, dass sie mehr wollte. Die Wahrheit oder wie man das nennen möchte. Ich blickte nach vorne, auf den silbrigen See, in dem Menschen schwammen und die Sonne funkelte. Es wurde langsam dunkel, trotzdem war es immer noch richtig warm und ich überlegte, wie lange wir bei Nathalie bleiben könnten und ob wir nach Spanien gehen sollten. Ich dachte das Programm rauf und runter und da kamen diese ganzen schlechten Gefühle hoch. Mit einem Mal bekam ich Lust auf den alten Brahms und weil ich den Walkman hatte, stand ich auf und ging barfuß zum Auto, wobei mir auf dem Parkplatz die kleinen Kieselsteine in die Füße piksten. Der Wagen war offen und ich holte den Walkman raus. Der war neu, begriff ich, und er war meiner und ich freute mich darüber, aber nicht wie ich es vermutet hatte, als ich noch keinen besaß. Dann ging ich langsam zurück und drückte auf Start.

Bei der Musik überlegte ich mir, dass wir es schaffen könnten. Nach Spanien zu kommen. Wir würden auf den Feldern arbeiten, Melonen schleppen und eines Tages ein eigenes Feld haben und selbst Melonen züchten. Ja, ich war elektrisiert. Wir würden unsere eigenen Felder haben und die aus der Hugo-Luther könnten kommen und für uns arbeiten oder nein, nein, viel besser, eines Tages würden wir zurückkommen, mit einem Auto wie Nathalie und in den Käfig stapfen und alle würden staunen, weil sie uns Ewigkeiten nicht gesehen hatten. Nur Ronnie hätte immer gewusst, dass wir noch lebten. Vielleicht würden wir uns nicht zu erkennen geben, sondern einfach tun, als würden wir zufällig da sein. Nase und den Schillers würden sicher die Augen ausfallen und sie würden denken, was kommen denn da für harte Hunde? Die haben's geschafft ... oder wir würden ins Gefängnis kommen und es nie schaffen. Ich musste die Entscheidung für uns treffen. Ro konnte das nicht und das machte es für mich doppelt schwer.

Ich sah nach unten. Ro war immer noch am See und schien glücklich zu sein. Er war die meiste Zeit heute im Wasser gewesen und schien mittlerweile 'ne echte Wasserratte geworden zu sein, nur eben eine, die nicht richtig schwimmen konnte. Bis jetzt, aber wir hatten es ihm beigebracht und das würde er nicht mehr verlernen, dachte ich, während die Geiger im Walkman loslegten. Wer wusste das schon, aber in hundert Jahren würde Ro vielleicht immer noch ins Wasser hüpfen und an diesen Tag denken. Wenn er mal Kinder haben würde, könnte er denen von uns erzählen. Von mir und Nathalie und

dem Tag am See. Von der Sonne, dem Franzacken Anzug und unserem Picknick. Wenn er sich mit dem Brett
richtig anstrengte, ging es ganz gut, aber er liebte es auch
einfach, es immer wieder unterzutauchen und dann halb
aus dem Wasser hochspringen zu lassen. Das machte er
immer und immer wieder und keinen schien es zu stö-
ren. Dann krähte er, aber soweit ich das sehen konnte,
versuchte er zu schwimmen und ich winkte zurück und
machte auch Döneken, um ihn zum Lachen zu bringen,
was zum Sterben gut klappte. Einfach weil ich wusste,
welche Grimassen er liebte und weil ich ihn gut kannte
und ihn geliebt habe.

Ich hatte ihn in der Nacht bei Nathalie keuchen und
schnaufen gehört. Aber das hatte er schon getan, als er früher bei mir übernachtet hatte. Ich bekam immer noch eine
Gänsehaut, als ich an ihn dachte, als wir klein waren und
er nicht auf die Toilette im zweiten Stock wollte, weil ein
Hund gebellt hatte, und wie ich mitgehen und draußen auf
ihn warten musste. Wie er einmal die Tür von innen nicht
mehr aufbekam. Ich konnte ihm tausend Mal erzählen,
dass er nur den Riegel hochnehmen musste und alles wäre
gut, aber er hat es nicht geschafft und dann, weil ich nicht
weg konnte, er schrie, wenn er mich nicht hörte, dann hab
ich mich vor die Tür gelegt und bin eingeschlafen. Als ich
mitten in der Nacht aufgewacht bin, lag er neben mir auf
der Treppe. Er hatte den Riegel einfach hochgenommen.

Seine Lippen waren blau vor Kälte, das Gesicht weiß und er lächelte wie immer, seitdem er voll blöde geworden war und als ich daran dachte, war mir klar, dass er weder in hundert Jahren schwimmen würde, noch dass wir ein schönes eigenes Melonenfeld haben würden, sondern ins Gefängnis mussten. Verdammt, ich wusste nicht, was ich tun sollte.

33

Ich schaute in die Richtung, in die Nathalie weggegangen war, und wurde unruhig. Sie wollte nur kurz weg und ich fragte mich, wann sie wiederkommen würde. Sie könnte ich sicherlich vieles fragen, wenn ich ehrlich war, wollte ich ihr die Wahrheit erzählen. Was würde sie uns raten, wenn sie alles wüsste? Auch den Mord? Ich versuchte, mich runterzubringen, rauchte eine von den Zigaretten, die Ronnie uns dagelassen hatte, hörte Brahms, doch Nathalie kam und kam nicht wieder und ich begann, mir Gedanken zu machen, und mit einem Mal hörte ich unten am See Mordsgeschrei.

Im ersten Moment war ich sauer, weil ich natürlich dachte, dass einer wegen Ro rumbrüllte. Irgendeinen gab es immer. Wie gesagt, das passierte und ich hatte mich daran gewöhnt. Ich schaute über die Wiese zum See.

Die Menschen um mich herum waren aufgestanden und hielten sich die Hände über die Augen, um besser sehen zu können. Einige hielten sie vor den Mund und dann liefen alle im Affentempo zum See runter oder fingen an zu schluchzen. Ich lief schnell hinterher und dann sah ich es. Eines der kleinen Mädchen hatte sich zu weit vom Ufer weg gewagt und war in einen Strudel gekommen. Ich sah sie ertrinken, die Kette, die wir Idioten beim Schwimmtraining von Ro durchtrennt hatten, hing lose wie 'ne Schlange im Wasser und sie hatte nichts gemerkt. Ihr Vater war im Wasser, doch mir und, ich glaube, allen um mich herum war klar, dass er zu spät kommen würde. Sie würde sterben, ging es mir durch den Kopf.

Alle würden zu spät kommen und dann sah ich, wie Ro mit seinem Brett, obwohl er selbst kaum schwimmen konnte, zu dem Mädchen schwamm oder ruderte oder was immer er da tat. Er machte echt einen Riesenlärm dabei und man merkte vom Ufer aus, wie schwer es ihm fiel, vorwärts zu kommen, aber er kam früher bei dem Mädchen an als alle anderen. Er hielt es an dem Brett so lange oben, bis der Vater es greifen konnte, doch Ro selbst konnte sich nicht mehr halten – und sank weg. Ein Strudel, ein Loch in der Erde, ein Ungeheuer, das Leben zum Sterben fraß? Keine Ahnung. Fragt. Mich. Nicht. Ich schaute grad nicht hin. Ich hatte Angst.

Plötzlich spürte ich eine Hand und sah ein kleines Mädchen, das fragend zu mir hochblickte, aber ich konnte ihr nichts sagen und sie ging schnell zu ihren Eltern, die auch nichts sagen konnten, sondern weiter auf das Wasser blickten. Ein Biss und das Leben war vorbei, zum Sterben, du konntest nichts tun. Alle Hoffnungen und Wünsche schwebten davon mit dem Tod. Egal, ob in der Hugo-Luther oder am Tankumsee. Vom Ufer aus sah ich Ro nicht mehr. Das Ganze hatte kaum mehr als Sekunden gedauert, ich war gelähmt, nur mein Zittern und die Angst waren da. Überall. Am ganzen Körper. Selbst die Zähne und mein Herz klackerten wie verrückt und ich wünschte mir Nathalie oder das kleine Mädchen zurück. Ich sah, wie die Männer nach Ro griffen und suchten. Ich hörte ihre Rufe in der Dämmerung überm See. Ich fluchte wieder wie verrückt und redete mit mir selbst, von wegen: „Ro, komm hoch, komm endlich hoch, du blöder Arsch. Mach keinen Mist, du Vollassi. Wenn du nicht gleich wieder da bist, hau ich dir in den Magen, dass du blöd kotzt. Du weißt, das ich das mache, oder Ro?

Es dauerte eine halbe Ewigkeit, bis sie ihn wieder an die Oberfläche und dann nochmal, bis sie ihn ans Ufer geschleppt hatten.

34

Nach zehn Minuten kam die Feuerwehr. Ich stieg als Einziger mit in den Notarztwagen. Als er sich in Bewegung setzte, wirkte Ros Gesicht gelöster als vorhin. Er flüsterte ganz heiser und schnell, aber ich verstand nicht, was. Es musste Sinn haben oder auch wichtig für ihn sein, weil er es immer und immer wiederholte, der Blödian. Warum hatte er nicht … ich weiß, ich durfte das nicht denken, aber warum er? Könnt ihr mich verstehen? Er konnte nicht schwimmen und hatte er im See überhaupt gewusst, in welcher Gefahr er sich befand? Nein, natürlich nicht! Er war behindert. Ich legte meinen Kopf ganz nah an seine nasse Wange, roch seinen Atem, der nach Metall roch, das Wasser tropfte langsam und mühsam aus seinen langen Haaren auf meine nackten Füße und da verstand ich, was er sagte. „Ein Kitz. Ein Kitz", flüsterte er. „Ein Kitz" und dabei lächelte er nochmal kurz sein ewiges Ro Lächeln und weg war er. Ich weiß nicht, ob das einer kennt, aber im Wagen hatte ich ein Gesicht oder wie man das nennt. Nachdem er das mit dem Kitz gesagt hatte, atmete Ro nur noch ganz selten und dann auch irre schwer, während der Wagen superschnell fuhr. Ich überlegte, warum er die Kitze erwähnt hatte? Ich dachte dann an Nathalie und dass ich alle Sachen dagelassen hatte. Nur unsere Tüte hatte ich. Die Pistole, das Messer und der Walkman mit Brahms drin und das Narben-T-Shirt. Der Anzug war weg, der Hut und sogar unsere Schuhe und das ärgerte mich. Gute Schuhe waren selten. Ich hoffte, dass die am See Nathalie alles erzählen würden. Aber wenn nicht? Sie musste denken, wir wären einfach abgehauen. Wie Ronnie. Bestimmt schaute sie grade ihre Sachen durch und checkte, ob wir was geklaut hatten. Ich schnaufte und legte meinen Kopf an die Fensterscheibe. Verdammt, wir wussten nicht mal ihre Nummer.

Ich saß da, blickte auf Ro, wie er sich kaum mehr bewegte, die Schläuche, die sich für ihn und doch vor sich hin bewegten, das Gepiepse. Am liebsten hätte ich ihn ruhig liegen sehen oder wie beim Frühstück als er normal aussah, mit den Sachen von Nathalies Vater an oder als wir in der Sonne gelegen und uns ausgeruht hatten. Von der schrecklichen Nacht und dem wunderschönen Morgen. Ro lag da, nur dass sich die Schläuche um ihn mit herumschlängelten, dass mir richtig schlecht wurde, als ich begriff, in was für einer Scheiße wir uns befanden und dann blitzte es vor meinen Augen.

Zuerst dachte ich, das seien normale Lichtreflexionen, die Sonne, die sich spiegelte, aber vor mir sah ich, in mir drin, eine Straße aus pappgrauem Beton und die spiegelte sich gar nicht, sondern sah eher komisch aus. So unwirklich, doch auf der ging ich dann. Es gab fast keine Geräusche, nur die Luft, die sich bewegte, aber sonst nichts, wie um mich herum auch nichts war. Ab und an ein Stein vielleicht, keine Ahnung, und ich ging und ging und das machte nicht wirklich Spaß, und plötzlich war da vor mir eine graue Wand. Grau wie die Straße, nur eben eine Wand. Über die konnte ich aber nicht richtig rüberblicken und da verwandelte ich mich in eines dieser Autos, die sich überschlagen und die dann trotzdem weiterfahren konnten. Auf der anderen Seite. Die hatten auf beiden Seiten Kabinen. Davon war ich als Kind immer beeindruckt gewesen, wenn die Männer mit Klapptischen in der Fußgängerzone auf der Straße standen und die Autos für ʼnen Fünfer verkaufen wollten.

Wenn ich mich da umsah, schien es, als ob die Straße auf der ich fuhr und auch die Wand, plötzlich genauso aussah wie eine Pappschachtel, in der die Kisten immer fuhren. Aber genau konnte ich das nicht sehen oder ich begriff das nicht. Ich probierte, über die Wand rüberzufahren, aber das ging nicht, denn als ich mit meinen vorderen Rädern oben am Rand angekommen war, fiel ich nach hinten. Kurz überlegte ich, was ich machen sollte, und probierte es wieder. Doch dieses Mal wagte ich schon weniger und bremste in der Mitte ab. Ich schätze, ich wollte nicht noch mal rückwärts auf den Kopf fallen. So fuhr ich wieder über die Straße, dieses Mal aber in die andere Richtung. Ich fuhr und fuhr, mir war nicht heiß oder kalt, aber ich dachte einerseits schon, warum bin ich denn nur nicht über diese Mauer gekommen, andererseits dachte ich mir, dass ich sicher nicht rüberkommen würde. Die anderen mussten es geschafft haben, denn sonst war ja keiner mehr da, also mussten die, die nicht da waren, es über die Mauer geschafft haben, komisch, dass ich das daran dachte und nicht, warum ich überhaupt über die Mauer wollte oder was dahinter sein würde. Daran dachte ich kein Stück, wirklich. Es schien mir unwichtig zu sein. Aber es machte mich tierisch wütend, weil ich eben der Einzige war, der nicht über diese Mauer gekommen war.

Aber ich hatte, wie gesagt, auch keinen gesehen. Wie lange ich nun gefahren war, weiß ich nicht, ich kam wieder an eine Mauer. Die gleiche? Ich war doch nicht im Kreis gefahren! Hm, so richtig wusste ich das nicht, aber irgendwie schien mir das eine andere Mauer zu sein, obwohl ... die genauso hoch war. Was machte ich? Ich fuhr hoch und klappte wieder um. Jetzt drehte ich sofort, fuhr zurück, bis ich zu der anderen Mauer kam, probierte es wieder, fiel wieder um, ich fuhr so lange, bis die Krankenwagentür aufgerissen wurde und die Sanitäter mit einem Affentempo Ro da rausholten ... und mir übel wurde.

Zum Sterben war das, weil sein spitzes Mäusegesicht grau war, ohne Blut und seine Augen zitterten in einer Tour. Er hatte keinen Atem und lächeln tat er natürlich auch nicht mehr. Verdammte Scheiße, er sah aus wie Rene. Der zarte Ro, das scheue Kätzchen mit dem Lächeln im

Gesicht wie der faule tote Rene Arsch. Die Welt war nicht nur im Inneren übel, nein, sie war tierisch ungerecht. Mir wurde speiübel und wenn ich den ollen Hackbraten nicht schon ausgekotzt hätte, wäre das der richtige Zeitpunkt gewesen. Ich schaute mir Ro an, der so alt war wie ich, und wurde traurig, war aber in Gedanken ganz woanders. Das ist natürlich nicht schön, das jetzt zuzugeben, aber es stimmte. Ich war bei der Mauer und ihrer Bedeutung. Verdammt, was hatte das mit der Mauer und dem ganzen Hin- und Hergefahre zu tun? Ich hab lange gebraucht, mir darüber klar zu werden, was das zum Henker bedeutete, aber begriffen hab ich das nie.

35

Ich lief hinter der Bahre her, bis zu einer Tür, wo ich nicht mehr weiter durfte und auf der stand Intensivstation. Da begriff ich, dass Ro im gleichen Krankenhaus gelandet war wie meine Mutter. Ich weiß nicht, mit dem Gedanken saß ich eine Weile vor der Station, vor der ich schon am Tag zuvor gesessen hatte, und versuchte nicht zu wirken, als wüsste ich Bescheid, als die Schwestern kamen. Im Gegenteil. Als sie mich nach Ro fragten, sagte ich nicht, „Hey klar, das kenn ich alles. Ich war gestern schon hier. Mit meiner Mutter", sondern ich stellte mich doof an, weil ich bestimmt eines nicht wollte. Dass die mich gleich wiedererkannten. Sonst hätten die sagen können: „Guten Tag, Chris Weiler. Du kommst wohl jeden Tag hierher, junger Mann" oder „Chris Weiler, du kannst wohl nicht genug von uns kriegen, was?" oder einen anderen blöden Spruch, die sie einem mit Sicherheit reingedrückt hätten.

Aber in dem Moment wusste ich vieles nicht. Etwa Ros richtigen Namen oder seinen Nachnamen, verdammt, der fiel mir nicht ein, und als sie mich fragten, wer ich sei, fiel mir das auch nicht ein. Bescheuert, was? Ich war echt dämlich geworden. Ich konnte ihnen nur unsere Adresse geben und da merkte ich, dass die Schwestern mich anders musterten. Hugo-Luther, klar, Säufer, Diebe, Schläger, Arbeitslose Analphabeten, das war nicht neu, das hatte ich hundert Mal erlebt, aber scheiße war es trotzdem, sodass ich dann tat, als ob ich voll gut Bescheid wüsste und mit einem Mal konnte ich mich auch an alles wieder erinnern. Sogar das Ro Robert hieß. Wie es passiert war, was wir beide dort zu tun hatten, weil die glaubten, wir wollten am Tankumsee was klauen. „Natürlich, wieso sollten wir denn sonst in der Gegend unterwegs sein? Das ist doch echt eindeutig, oder? Wo sind denn hier die Wertsachen und Narkosemittel versteckt", wollte ich schon fragen, hab ich aber nicht. Sonst hätte das vielleicht Ro abbekommen. Die Schwestern waren misstrauisch, aber als ich ihnen erzählt habe, dass Ro grad einem kleinen Mädchen im See das Leben gerettet hatte, wurden sie richtig nett. Na, sie probierten es zumindest.

Das wollten sie natürlich prüfen und zum Glück hatte mir der Vater von dem Mädchen in der Aufregung seine Nummer gegeben und den haben sie angerufen. Der hat alles bestätigt und wollte gleich am Abend ins Krankenhaus kommen, um sich bei Ro persönlich zu bedanken, und an der Reaktion von den Schwestern habe ich dann begriffen – dass er sich das sparen konnte. Ich dachte an all die Dinge, die mit ihm gehen würden. Wenn er nicht mehr wäre. Was wäre das? Sein Lachen? Seine Dankbarkeit und sein Gestank? Hätte nicht ich sterben sollen? Einer von den Krankenwagenfahrern kam auf mich zu und gab mir die Tüte, die ich im Wagen vergessen hatte. Ich tastete sie ab und fand die Pistole, das Messer und den Walkman von Nathalie plus alten Brahms drin. Gut, dass er nicht reingeguckt hatte. Mann, das war es doch. Auf einmal hatte ich eine Idee, wie wir Ro helfen konnten. Ich stand auf, rannte an den Tisch und wollte die Schwestern überreden, Ro den Walkman aufzusetzen, doch ich merkte, dass sie das keine gute Idee fanden. „Aber warum nicht?" Ich hatte im Fernsehen gesehen, dass man mit Musik Menschen heilen konnte. Ja, ernsthaft! Die hatten irgendwo in Amerika den Kranken, wenn sie richtig krank waren, Musik wie Medizin gegeben und die wurden auf einmal glücklich oder was Ähnliches und schneller gesund. Mit Brahms würde das funktionieren, war ich mir sicher. Aber vielleicht hatten die in unserem Krankenhaus das nicht gesehen, jedenfalls wussten sie nichts davon und als ich probiert habe, ihnen das zu erklären, hatten sie natürlich keine Zeit, sondern haben mir nur über den Kopf gestreichelt und geschaut, als hätten sie ganz viel Mitleid mit mir oder Pippi im Auge.

In die Stille platzten Ronnie und Hagen, die Schiller-Zwillinge, Nase, und die brachten noch ein paar andere Jungs aus der Hugo-Luther mit. Die machten gleich mal Welle oder wie sie das immer nannten. Sie rissen Witze über die dicke Schwester und die anderen Kranken, schauten in die Zimmer und schrien rum. Als wären sie auf dem Rummel oder im Käfig. Nase begann auf Händen die Station runterzulaufen, was einer der Schillers auch konnte, dann umkippte und eine Kranke umriss. Von einer Sekunde auf die nächste war es irre laut auf der Station und es hätte nicht viel gefehlt, wenn Hagen plötzlich sein Bowiemesser rausgeholt und das Ding an die Tür geworfen hätte. Keine Ahnung, woher die wussten, dass wir dort gelandet waren. Wahrscheinlich hatten die vom Krankenhaus Ros Adresse rausgekriegt oder der Vater von dem Mädchen war zu uns gefahren, keinen Schimmer, zumindest waren sie alle da.

36

Ich mochte keine Krankenhäuser. Ich erinnerte mich, wie ich mit meiner Mutter einen von ihren Freunden besucht hatte, der selbstständig mit Alkohol aufhören wollte. Wir hatten uns an dem Tag fein gemacht, was nicht gut geklappt hatte, aber meine Mutter sah trotzdem prima aus, was übrigens auch der Busfahrer fand. Der hätte nämlich beinah einen Unfall gebaut, weil er sich mit ihr unterhalten musste und ihre Nummer haben wollte. Meine Mutter hatte hell gelacht, weshalb er eine Station verpasst hat und wir zurück mussten. Später haben wir nicht gelacht. Als wir ihren Freund besuchten, mein ich. Sie war zu der Zeit bei AA, wo alle viel über sich redeten und von da hatte sie ihn zu uns mitgeschleppt. Die anderen dachten, das sei keine gute Idee gewesen und das stimmte wohl, weil der Typ hat die Gespräche abgebrochen und auf eigene Faust versucht aufzuhören. Meine Mutter nicht, die hat einfach weiter getrunken, wie 'n Mariacron-Wal. Ihr Freund war auf der Straße im Suff umgefallen und viel zu lange liegen geblieben. Bei dem war alles kaputt, als sie ihn fanden und als wir ihn besucht hatten, hat er uns nicht erkannt und ich hatte tierische Angst, weil er immer rumstöhnte und mich immer das Gleiche gefragt hat. Wann ich ihm seine Karte zurückbringen würde. Karte? Was für eine Karte? Landkarten? Spielekarten?

Ich habe gedacht, der verarscht mich, gleichzeitig wusste ich aber, dass mit ihm etwas Schlimmes passiert war und er nie wieder kommen würde. Es war schlimm und er war allein. Gut, er hatte seine Geschichte, wir unsere, keine Ahnung, was meine Mutter an dem gefunden hat, singen konnte er nicht.

Ich dachte mir, dass ich jetzt, wo die Jungs da waren, um auf Ro aufzupassen, zu meiner Mutter hochgehen könnte. Mann, war ich froh , da weg zu sein. Langsam ging ich die weißen Gänge mit den ganzen Zimmern an den Seiten und den Betten auf den Fluren entlang nach oben und probierte mich zu erinnern, wo es langging, aber ich hatte das vergessen und deshalb musste ich nochmal zur Auskunft und fragen und die haben es mir erklärt. Also wieder zurück, doch in dem Zimmer, wo meine Mutter gelegen hatte, war sie nicht mehr, und dann ging ich zu dem Raum, in dem die Ärzte immer saßen und sich an die scharfen Schwestern ranmachten.

Ich blickte durch das Fenster, das sie von dem ganzen Rest so gut es ging, abschnitt. Was die sich zu erzählen hatten? Ob sie beim Anblick der Kranken lachen konnten und lieben und was noch nicht alles? Ich erinnerte mich wieder an das, was Nathalie mich am See gefragt hatte. Was ich mit meinem Leben anstellen wollte, und da sah ich mich aufmerksam um und dachte an Ro. Nein, bestimmt war es meistens ganz anders und die Ärzte konnten nichts machen, nur zugucken und das war sicherlich zum Sterben. Ich klopfte also.

„Ach, du bist es! Auf dich warten wir schon. Ich komme." Einer von den Ärzten, ein junger Typ, vielleicht ein wenig älter als Ronnie und Hagen, kam raus und ging mit mir in eine Ecke und da hatte ich ein übles Gefühl. Als ob er mir erklären würde, dass meine Mutter diverse Tests durchlaufen hätte „... und leider", ja leider und bei den Worten zögerte er und ich dachte, verdammt, erzähl mir bitte nicht, dass meine Mutter tot ist. Scheiße, weil ich, was Ro betraf, kein gutes Gefühl hatte. Ich fing an zu weinen, was wirklich das Uncoolste überhaupt war, und schämte mich dabei fast zu Tode. Er erzählte mir zum Glück nicht, dass meine Mutter tot sei. Das war sie nicht. Sie hatte aber nach seinen Worten unglaublich harte Schläge abbekommen, dass sie vielleicht für immer ein Pflegefall sein würde. Bei dem Wort Pflegefall blickte er mich lange an, als müsste er schauen, ob ich das verstand. Ich nickte und verstand das natürlich oder tat zumindest so, obwohl ich überhaupt keinen einzigen Pflegefall kannte, außer den alten Karitte bei uns im Haus, der immer im Bett lag und dem seine Frau den Eimer zum Kacken bringen musste. Weil sie das nicht tat, sondern lieber beim Kiosk rumhing, schrie er und weinte ganz laut und manchmal kackte er sich in die Hose. So roch das auch noch. Das brachte ich aber überhaupt nicht zusammen. Ich überlegte vielmehr, dass Ro eine Art

Pflegefall war, der seine Kacke selbst wegmachen konnte, aber Ro würde sterben.

„Kann ich sie jetzt mal sehen? Meine Mutter?" Er nickte, „Ja, nur im Augenblick wird sie operiert. Da gab es gestern Komplikationen." Verdammt, was für Komplikationen? Ich merkte, dass er nicht alles erzählen wollte und sich mächtig zusammenriss. „Weißt du was, Chris? Ich würde sagen, du schläfst dich jetzt mal richtig aus und dann kommst du morgen frisch wieder, okay?" Komplikationen? Frisch wieder? Na, der hatte Nerven. Wer kam den frisch wieder, wenn die Mutter ein Pflegefall wurde? Doch ich nickte. Ich hatte keine Kraft mehr, Schimpfwörter zu benutzen und mich zu streiten. Es ging nicht. Der Arzt fragte mich noch, ob ich Verwandte hätte, wo ich hingehen würde und dass gleich die Polizei kommen würde und ein paar wichtige Fragen an mich hätte. Ich musste unbedingt warten. Also ungefähr das Gleiche, was der Arzt den Tag davor schon erzählt hatte und plötzlich begriff ich, dass er der Arzt vom Tag davor war! Ehrlich, ich hatte ihn nur nicht wiedererkannt. Ich nickte und versprach ihm, unten zu warten, weil er nett war und sich sichtlich Mühe gegeben hatte, mir das alles schonend und mitfühlend mitzuteilen. Da wollte ich ihm nicht sagen, dass unten ein Freund von mir im Sterben lag, der einen Mann umgebracht hatte. Sicherlich hätte er gedacht, was für miese Assis wir doch sind und dass die Leute ja recht hätten, wenn sie nichts mit uns zu tun haben wollten. Aber vielleicht dachte ich das nur. Vielleicht war er neu in der Gegend und hatte keine Ahnung? Ich hoffte es, er wirkte nämlich freundlich und dann nahm er mich beim Arm und gab mir einen Kaffee aus ′nem Automaten, der ein wenig nach Gemüsebrühe und Eisen roch, den ich aber annahm und später, als er weg war, im Treppenhaus stehen ließ.

Nachdem er weg war, ging ich zu den anderen auf die Intensivstation, die rumstanden und auf einen Arzt warteten. Einige waren ruhiger geworden und saßen auf den Bänken. Hagen erzählte leise einen dreckigen Witz nach dem anderen, Nase zeigte den Schillers den Bruce Lee Tritt, der ihm das dritte Mal die Nase gebrochen hatte, irgendeiner hatte einen Conti mitgebracht, den sie blitzschnell leer tranken, und als das die Schwestern sahen, sollten sie rausgeschmissen werden und es begann ein endloses Gelaber. So war das immer. Wenn wir etwas machen mussten, wurde stundenlang rumdiskutiert. Warum? Weshalb? Ach nee? Bestimmen Sie denn hier? Ach, echt? Glauben wir nicht. Ja, machen Sie. Uns egal. Uns können Sie nichts. Nichts! Wir schulden niemandem etwas. Niemandem. Hugo-Luther! Besen wie Sie kennen wir. Ihre Blagen wollen wir nicht haben. Wir sind die Besten. Eintracht, Eintracht, Shalalala. Es war mir unangenehm, weil ich mich bemüht hatte, einen guten Eindruck zu machen, und doch dazu gehörte. Für immer, und wenn Ro tot wäre, noch tiefer.

Ich ging und erzählte alles, was am See passiert war, leise Ronnie, und der nickte nur.

Wir gingen nach draußen und ich flennte wieder ein wenig, aber nur ein bisschen. Weil alles beschissen und Ronnie sicherlich der Einzige war, vor dem ich weinen konnte. Der würde sich nicht lustig machen, wie Hagen oder die Schillers. Draußen vor der Tür rauchten wir zwei Zigaretten hintereinander und ich trank so viel Coca-Cola, dass ich ganz jibbelig davon wurde. Bier, wie die anderen, wollte ich nicht trinken. Da bekam ich Kopfschmerzen von und außerdem hätte Ronnie mir keins gegeben. Sein Gesicht wirkte ganz hart und konzentriert und ich überlegte, was ein Mädchen wie Nathalie in ihm mal gesehen hatte und da dachte ich kurz, dass es sein Desinteresse an ihrer Welt war. Seine Scheißegal-Haltung, die er hatte und die ich hasste, aber zum Sterben faszinierend fand, weil einem damit keiner was konnte. Ronnie schuldete niemandem etwas. Das, was er tat, tat er aus freiem Willen und weil er es für richtig hielt.

„Was'n los?" „Nichts. Ich hab mich nur gefragt, ob er es schafft." „Sieht schlecht aus?" Ich nickte. „Ja. Sieht schlecht aus." „Scheiße." „Warum sterben die immer nur so früh, Ronnie?" Er sah mich an und wusste, auf was ich anspielte. „Ich weiß nicht." Er blickte auf und ich sah Trauer in seinem Gesicht und seine geballte Faust, die sich weiß verfärbte. „Es ist echt zum Sterben, Chris. Zum

Sterben." Ich sah die Besucher und Patienten rein- und rauskommen und hielt mich an meiner Weste fest. Wir beide standen lange schweigend da, sahen Patienten und ihre Besucher kommen und gehen. Einige schienen gut drauf zu sein und freuten sich, dass sie weg konnten und da hatte ich kurz die Hoffnung, dass Ro rauskommen und mit uns wegfahren würde. Vielleicht würde er richtig klar im Kopf. Warum nicht? Wie früher, als wir klein waren und er genauso gut reden und denken konnte wie ich. Als wir beide eine richtige Zukunft hatten und ihn die Schwestern im Schwedenheim in den Arm genommen hatten. Als wir alle runterstolperten und die Hoffnung hatten, dass das Leben schön werden könnte. Schön blöd, was?

Naja, irgendwann muss es das doch gegeben haben. Da kamen die anderen aus dem Krankenhaus rausgelaufen und ich hatte ein übles Gefühl bei ihren Gesichtern, weil sie wütend und nach Krawall aussahen. Als wollten sie zuschlagen und nicht überlegen. Hagen sagte uns, dass Ro tot sei. Ertrunken. Mitten auf der Intensivstation und das konnte keiner glauben. Dann begann Hagen rumzuschreien, wie es denn möglich wäre, dass einer ertrank? Auf der Intensivstation. Das sei doch nicht möglich, brüllten sie immer und immer wieder, weil das wirklich blöde klang. „Im Krankenhaus ertrunken. Wo gibt's denn sowas?" Sie schrien durcheinander, bis niemand mehr was verstand und die Wächter kamen und erst dann gingen sie zu ihren Autos, nicht ohne vorher nochmal gegen Sachen zu treten und fremden Menschen, die ihnen sagten, sie sollten bitte aufhören, zu bedrohen.

Ronnie nahm meine Hand und sagte plötzlich leise, dass Ros Leben sicherlich einen Sinn gehabt hatte. Für alle und da wusste ich nicht, wen er meinte. Weil, Ro hatte mir im Keller das Leben gerettet und dem kleinen Mädchen. Dem Kitz. Ich nickte nur. Ronnie nahm ein paar von uns mit und wollte, dass ich hineinkroch, wie früher, als wir Kinder waren, aber darauf hatte ich keine Lust mehr. Außerdem wollte die Polizei mit mir reden und ich fühlte, dass ich dem jungen Arzt was versprochen hatte und das halten musste. Ich wollte auch Ro nochmal sehen, wenn das ging. Die Schwester hatte gemeint, dass das nur für Verwandte möglich sei, aber das war ich doch, wenn nicht sogar noch mehr als seine bekloppten Eltern, die nicht kommen würden, sondern am Alki und Irren Kiosk standen, bis sie schwarz würden.

Wenn ich mir einen Bruder hätte schmieden können, dachte ich, während ich den Bremslichtern von Ronnies Kadett nachsah, dann wäre das hundert pro Ro gewesen. Egal, ob er bekloppt war, stank, Anfälle hatte oder nicht. Ich rieb mir die Tränen weg und sah in die Sonne. Ich glaub, ich wollte blind werden oder blöde oder ich wünschte mir, dass einer kommen würde und mir vor den Kopf trat, dass dieses Gefühl wegging. Im Endeffekt dachte ich, dass Ro sicher über diese komische Wand gefahren und dass es besser für ihn war. Besser als vorher. Viel besser als bei uns. Er würde nie versoffen und verdreckt beim Kiosk rumstehen und alles vergessen. Wer er war und dass er pinkeln musste. Ro würde nie alt werden und alle Zähne und seine Hose verlieren wie die anderen Alkis und Irren beim Kiosk. Er wäre für immer ein Held. Ich weiß heute nicht mehr, woher ich das wusste und es klingt wahrscheinlich zum Sterben mies, aber ich wusste, dass in dem Moment, als die Jungs alle weg waren.

Ich blieb noch lange draußen stehen und dachte über alles nach, wie ich noch nie über was gedacht habe, aber nicht über Ros Tod oder ob meine Mutter ein kaputtes Wrack sein würde und Pflege bräuchte, sondern ich versuchte, alles zu verbinden. Was aber nicht klappte, so sehr ich mich auch anstrengte. Ich lief vor dem Krankenhaus auf und ab und wusste nicht, was ich machen sollte, vor lauter Suchen, Denken und Traurig sein. Ich holte mir den Walkman aus der Tasche und schaltete ihn an und dachte an die graue Mauer, die wir alle nicht überwinden konnten, bis ich endlich die Polizei auf mich zukommen sah.

37

Die erste richtige Zigarette im Leben hatte ich mit 13 Monaten. Einer von den Freunden meiner Mutter hatte sie mir zum Spielen gegeben. Keine Ahnung, was der dachte, was ich damit anfangen sollte. Vielleicht mit Kastanien und Kronkorken was draus basteln? Oder mir anstecken? Bei den Typen von meiner Mutter konntest du nie wissen. Der war sicherlich genauso bescheuert wie alle, die später noch kommen sollten. Bis zum letzten, meinem Onkel, war das eine Reihe unterirdischster Vollidioten, die entweder nicht lesen, nicht arbeiten oder nicht denken konnten und wollten. Irgendwie herrschte bei uns in der Gegend ständig so ein „Bäumchen wechsel dich-Spiel" und so hatte es der Typ geschafft, sich an meine Mutter ranzupirschen. Die sah damals nicht schlecht aus. Dunkle Haare, natürliche Locken und sie hatte, obwohl sie trank und noch mehr qualmte, eine ziemlich gute Figur, sagten jedenfalls die Jungs im Käfig. Früher war sie mit Smokie und Chris Norman auf Tour gewesen, als Sängerin, erzählte sie allen, die es nicht hören wollten, aber besonders gut hat sie nicht mehr gesungen.

Die Zigarette hab ich mir gleich in den Mund gesteckt und aufgegessen. Dann bin ich ins Krankenhaus gekommen und ob ihr es glaubt oder nicht, ich lag dann drei Wochen dort, weil ich eine Nikotinvergiftung hatte. Eine

Nikotinvergiftung. Mit 13 Monaten! Das Zeug kriegst du nie wieder aus der Lunge raus und damit warst du bei uns gut bedient. Danke jedenfalls. Für nichts. Das hab ich später aus den Unterlagen rausgeholt, die ich bei meiner Mutter gefunden habe. Sie selbst konnte sich nicht mehr erinnern, nur an den Typen, der aussah wie Chris Norman und bald verschwunden war. Viel später ist dann sein Bruder aufgetaucht, aber die Geschichte kennt ihr und wie gesagt, das hängt irgendwie alles zusammen und verbindet uns miteinander.

Die beiden Polizisten, die mich an dem Tag, als Ro starb aus dem Krankenhaus abholten, waren nett. Zu Beginn jedenfalls. Sie wollten wissen, wie es mir ging und wo ich die letzte Nacht verbracht hatte, doch ich zuckte nur mit den Schultern. Wir gingen dabei langsam zurück auf die Station, setzten uns in den Besucherraum und die beiden prasselten auf mich ein. Wo, wann, wieso und weshalb? Als ich nicht antworten wollte, fragten sie direkt, was mit meiner Mutter passiert sei und ob ich meinen Onkel die letzten 24 Stunden gesehen hätte. Weil den jemand erschossen hatte. Was hätte ich sagen sollen? Dass ich Werther mochte? Der Robotertanz überhaupt nicht schwer war? Ich fünf Zigaretten hintereinander schaffte, aber nicht zwei Hackbraten. Die Wahrheit? Dann hätte ich alle mit reingerissen. Ronnie, Hagen und Nathalie. Da kann jeder verstehen, dass ich nichts gesagt habe, oder? Ich zuckte also nochmal und habe mir gleichzeitig gewünscht, dass ich alles erzählen und dass ich ein richtig harter Hund sein könnte.

Nun, im Inneren war mir total kalt, weil wir noch im Krankenhaus waren und es da immer voll stark nach allem Möglichen, vor allem nach Tod roch. Dann waren da die anderen Patienten, die mich die ganze Zeit Kettenrauchen gesehen hatten. Die starrten mich entsetzt an. So als hätten sie geahnt, dass ich was Übles ausgefressen hätte und die warteten nur noch gierig darauf, dass die Polizisten mir endlich Handschellen anlegen würden. Ich zog dann demonstrativ die Nase mehrmals hoch und verzog das Gesicht, als würde ich sie riechen. Dabei sah ich sie ganz komisch an, als hätt ich was am Kopf und würde nicht richtig im Kopf sein und irgendwann schnallten sie das und schauten nicht mehr rüber, sondern zum Fernseher oder sie gingen einfach weg. Vielleicht starben die gleich, dachte ich, als ein alter Mann mit 'ner Stange und 'nem gelben Pippisack sich verkrümelte. Aber ich hatte den Schock von dem, was alles die letzten Stunden passiert war, und merkte davon nicht viel. Das Einzige, was ich traurig fand, war, dass ich Ro nicht mehr sehen durfte, denn ich schuldete ihm mein Leben oder das, was davon übrig war.

Die beiden Polizisten wurden während meiner Vorstellung ziemlich unangenehm und fragten mich, ob ich nicht gerne mitkommen wollte und weil ich dachte, dass das okay sein würde und sie ein Nein nicht akzeptiert hätten, bin ich mitgegangen. Besser als mit den Toten zu vergammeln, dachte ich. Ich schlich zu ihrem Wagen, sie vorne und ich hinten rein. Als wir in Richtung Hugo-Luther fuhren und am Schwedenheim und der Kneipe von den Rockern vorbei, habe ich langsam den Kopf geschüttelt, weil ich begriff, wo die mich hinfahren wollten. Die wollten mich nach Hause bringen. Zu uns rein. Konnte man sich das vorstellen? Das war das Letzte, was ich mir vorstellen konnte. Ich blieb demonstrativ im Wagen sitzen und wollte nicht aussteigen. „Ich steig nicht aus." „Und warum nicht?" Ich sah zum Alki und Irren Kiosk, aber die davor standen, sahen nicht einmal rüber. War besser so. Niemand wollte was mit der Polizei zu tun haben, ob du nun Irre oder Alki warst. „Warum nicht?" Ich zuckte nur mit den Schultern. „Über uns hat sich einer aufgehängt. Mit Wasser an. Da schimmelt's." Sie sahen sich zweifelnd an. „Ja und?" Ich zuckte mit den Schultern. „Schimmel ist schlecht für die Gesundheit. Nur weil wir arm sind, dürfen Sie uns nicht rumschubsen, das ist nicht gerecht." Die beiden dachten wahrscheinlich, was ist das denn für ein Klugscheißer, aber das war mir in dem Moment egal.

Nun, die beiden hätten mich da schon rausziehen müssen, mit Gewalt, aber das wollten sie nicht. Schließlich war ich ein Kind. Als die beiden das schluckten, wussten sie nicht weiter. Sie fragten mich, wo wir sonst hingehen könnten und mir fiel auch nichts ein, außer dass ich gerne zu Frau Pietsch wollte. Schon seit gestern, dass mir aber was dazwischen gekommen war. Da haben die beiden herzlich blöd geguckt, weil sie nicht wussten, wer das war und da hab ich es ihnen gesagt. Ich wusste, wo Frau Pietsch wohnte, was merkwürdig war, wenn man in dem Alter noch wusste, wo seine Grundschullehrerin wohnte, oder? Nun, ich fand das merkwürdig und die beiden sahen mich an, weil sie das bestimmt nicht von einem wie uns gedacht hätten. Aber ich wusste das eben.

Wir fuhren runter, am Schwedenheim links, auf den Cyriaksring zu, am Bäcker, der HBK und Gymnasium vorbei und am Rudolfsplatz links in den Triftweg rein. Frau Pietsch war zu Hause und sah mich vom Balkon aus. Ich sah ihr Gesicht, als hätte sie auf mich gewartet. Frau Pietsch lebte alleine in einer schönen, großen Wohnung, in einer Gegend, von der ich dachte, da könnte einem nie was passieren. Alles war hell, mit frisch gestrichenen Balkonen und auf den Balkonen waren Blumen und die Autos waren neu und die Straße breit und es stank nie. Ich liebte ihre Wohnung, die war zum Sterben. Die Polizisten haben geklingelt und als sie durch die Sprechanlage gefragt hat, wer da sei, haben die meinen Namen und dazu Polizei gesagt. „Chris Weiler und die Polizei." Genauso haben sie es gesagt. Chris Weiler und die Polizei und dann hat es gedauert und ich dachte, vielleicht macht sie nicht auf. Weil sie keine Lust hatte oder Kaffee trank und auf dem Balkon saß und einfach ihre Ruhe haben wollte. Ich hätte das hundert pro verstanden. Jeder bei uns hätte das verstanden. Die Menschen hatten ihre eigenen Probleme. Mit denen von den anderen wollte sich keiner beschäftigen. Aber da hat der Summer gesummt und wir sind nach oben gegangen.

Als Frau Pietsch mich gesehen hat, mit der Polizei und den rot blauen Würgemalen am Hals, ohne Schuhe, dem dreckigen Narbenshirt von Hagen, und auch als die Polizisten ihr alles erzählt hat, was eventuell passiert sein könnte und dass ich nicht mehr nach Hause wollte und nix mehr sagen würde – hat Frau Pietsch mich in den Arm genommen. Sie war auch kein Stück nervös oder böse auf mich. Nein, im Gegenteil, sie war da und ganz klar. Und bei ihr wollte ich kein Stück mehr ein harter Hund sein, sondern nur noch ich. Die beiden Polizisten sagten, dass sie wiederkommen würden, weil sie noch alles aufklären mussten und das wiederholten sie noch gefühlte Hundertmal, während Frau Pietsch immer ja, ja, ja sagte und schon die Augen verdrehte, als würden die beiden sie echt nerven. Aber vielleicht täuschte ich mich, weil ich müde und auch hungrig war.

Ich konnte ein wenig was essen und trinken, nur rauchen und fluchen durfte ich natürlich nicht. Leider durfte ich auch nicht Nathalie anrufen, das könnte ich alles später, meinte Frau Pietsch. Während alle vor sich hin erzählten, wurde ich so müde, dass ich einfach eingeschlafen bin, während sie wohl noch den Polizisten erklärt hat, dass ich bei ihr bleiben konnte und sie sich kümmern würde. Die beiden Polizisten müssen froh gewesen sein, mich loszuwerden, denk ich, aber das hab ich nicht mitbekommen.

Mitten in der Nacht bin ich dann in der Wohnung aufgewacht. Frau Pietsch hatte eine Bettdecke über mich gelegt und ein Kissen, fast wie bei Nathalie im Haus. Ich traute mich nicht, mich zu bewegen, weil es schön kühl war und überhaupt nicht kratzig. Ich drehte mich vorsichtig um und sah den Schreibtisch. Das war ein richtig großer, massiver und auf dem stand eine große, alte Lampe mit einem schimmernden grünen Schirm. Mit einer Maserung. Ich bin langsam aufgestanden und hab mich ganz leise an den Schreibtisch gesetzt und in die Nacht und den Himmel geschaut. Keine Ahnung, was ich da genau wollte, aber wahrscheinlich habe ich überlegt, wie ich meine Gedanken ordnen konnte. Da ging mir nämlich viel im Kopf herum. Ro, meine Mutter, Giselle und natürlich auch Nathalie. Auf dem Schreibtisch lag auch ein Block, mit Spiralen dran und Karopapier und ein Stift, ein Blauer, mit dem Frau Pietsch sicher immer die Hefte ihrer neuen Klasse korrigierte. Ich sah da auch einen ganzen Stapel und dann hab ich mir einfach den Block genommen und begonnen zu schreiben:

Als ich an dem Morgen auf meiner Couch die Augen aufschlug, dachte ich, dass ich echt zum Sterben gern so ein
Typ wie Sylvester Stallone in diesem Rambo-Film wäre
und dass ich unbedingt einen Walkman haben musste ....

ENDE

Danksagung

Phillip Maiwald, Ulf Behrens, Norbert Anspann,
Martin Brinkmann, Thomas Seeliger,
Friedrich Kunath, Kay Madsen, ACDC,
Schwedenheim Braunschweig,

Besonderer Dank

Laura, Olivia und Elfriede

Herstellung und Verlag: BoD – Books on Demand, Norderstedt

ISBN: 978-3-757807-88-7

Covergestaltung und Satz:
Peter Bomballa und Lars Hopp / ALEKS & SHANTU GmbH.
Lektorat: Susanne Thaus / Lektorat Thaus
Illustration: Philip Maiwald